Elke Stoll | Vom Glück, 70 zu sein

Elke Stoll

Vom Glück,
70 zu sein

Geschichten
für jedes Lebensalter

Die Bibliografische Information der Deutschen Nationalbibliothek

Die Deutsche Nationalbibliothek verzeichnet diese Publikation in der Deutschen Nationalbibliografie; detaillierte bibliografische Daten sind im Internet über www.d-nb.de abrufbar.

Einbandabbildung: © moremar, stock.adobe.com
Lektorat: Andrea Stangl, Paderborn
Herstellung und Verlag: BoD - Books on Demand, Norderstedt
© 2021 Alle Rechte bei der Autorin
ISBN 978-3-7534-3870-2

Für Birgit, Brigitte und Renate,
die 2020 gerne ihren 70. Geburtstag
gefeiert hätten!

Inhalt

Mit siebzig hat man noch Träume

Sie hatte sich verliebt. Durfte man das in ihrem Alter? Was würden die Freunde und die Familie sagen? Sollte sie sich trauen, eine neue Beziehung einzugehen? Sie schaute ihn an und war sich sicher, ihre Gefühle wurden erwidert.

Wie häufig im Leben gab es Chancen und Risiken. Sie würde nicht mehr allein sein, hätte jemanden, dem sie alles erzählen konnte. Vieles könnten sie gemeinsam unternehmen, wandern, reisen, durch die Stadt bummeln. Und abends würden sie sich auf dem Sofa vor dem Fernseher aneinanderkuscheln. Bei dieser Vorstellung seufzte sie wohlig.

Zu beachten war, dass sie beide nicht jünger wurden. Vielleicht würde er im Alter krank und gebrechlich. Konnte und wollte sie ihn pflegen? Sie malte sich die schrecklichsten Szenarien aus. Beispielsweise könnte er ständig starke Schmerzen haben oder wurde inkontinent. Wenn er sich nicht mehr bewegen konnte, hätte sie dann die Kraft, damit umzugehen? Nicht jeder Traum ließ sich verwirklichen!

Zärtlich strich sie ihm über den Kopf, spürte das seidige Fell unter ihren Fingern, während sie in die großen braunen Augen des Berner Sennenhundes schaute.

Das besondere Geschenk

Es regnete in Strömen. Sturzbäche rauschten vom Terrassendach herunter und putzten die Glasflächen. Na, wenigstens ein Vorteil, dachte sie mit einem Blick zum Glasdach hinauf. Während ihr Mann den alten Gartentisch und die dazu passenden Stühle wieder in das Gerätehaus brachte, richtete sie die restliche Sitzgruppe. Sie schaute auf die Uhr. Oh Gott, schon Viertel vor elf. Gleich würde ihre Schulfreundin kommen. Die tauchte immer zu früh auf. Sie plante das zwar mit ein, aber heute hatte der einsetzende Regen alles durcheinandergebracht und die Gartenparty würde im Wohn-Esszimmer stattfinden.

Kritisch überprüfte sie zum wiederholten Mal den festlich gedeckten Tisch voller Köstlichkeiten. Alles war selbst zubereitet. Sie kochte gern und gut. Da gab es gefüllte kleine Tomaten, fünf Salate, hoffentlich reichte es für die Gästeanzahl. Sie schaute wieder auf die Uhr. Zehn vor elf. Wo blieb sie? War sie krank oder hatte sie einen Unfall? Himmel, der Tee! Die Aufgusszeit war weit überschritten. Die

Klassenkameradin war ausgesprochene Tee-trinkerin und sie würde es merken. Schnell füllte sie den Kessel. Sie selbst war jetzt wie aus dem Wasser gezogen. Ob sie ausreichend Zeit hatte sich umzuziehen? Nein, das würde sie nicht mehr schaffen, bevor die Gäste eintrafen.

Punkt 11 Uhr klingelte es.

»Entschuldige, ich bin viel zu spät. Aber ich bin so erkältet«, zum Beweis schnaufte die Schulfreundin in ein Taschentuch, »und da bin ich noch mal kurz zur Apotheke.«

»Komm doch erst einmal hinein und außer-dem bist du die Erste.«

»Das kann doch nicht sein? Sollte es nicht um elf beginnen?«

Sie hinterließ kleine Schmutzpfützen auf dem blitzblank polierten Fußboden der Diele.

»Und aufgrund meiner Erkältung, es hat mich wirklich schlimm erwischt, bin ich über-haupt nicht dazu gekommen, für dich ein be-sonderes Geburtstagsgeschenk zu kaufen. Du wirst ja nur einmal siebzig. Ehrlich gesagt, es ist mir auch nichts eingefallen. Aber die nächs-te Erkältung kommt bestimmt.«

Sie drückte ihr einen großen Beutel mit

einem Apothekenlogo in die Hand. »Dann kannst du dies sicherlich gebrauchen.«

Da du mir nicht nur die Medikamente, sondern die passenden Viren mitgebracht hast, dachte sie, wird das schon bald sein. Sie wollte sich bedanken und die Haustür schließen, als sie einen riesigen Pflanzentopf auf zwei Beinen schwankend auf sich zukommen sah. Männerarme hielten ihn umschlossen und darüber schwebte ein roter Regenschirm.

»Wo soll das Ding denn nun hin?« Sie erkannte die tiefe Stimme ihres Nachbarn und der rote Schirm, auf den der Regen niederprasselte, wurde von seiner dahinter turnenden Frau mehr oder weniger geschickt gehalten.

»Am besten, du gehst erst einmal hinein«, sagte diese zu ihrem Mann.

Und schon gesellten sich zu den kleinen Pfützen große und das Pflanzenungetüm stand mitten in der Diele.

»Also, herzlichen Glückwunsch«, ihr Nachbar schüttelte ihr die Hand.

Seine Frau deutete eine Umarmung an, führte sie aber nicht aus, da sie klitschnass war. »Alles Liebe, alles Gute und wir haben uns gedacht«, sie zeigte auf den riesigen Topf, »dafür findet sich sicherlich ein Plätzchen im Garten und«, sie machte eine Kunstpause, »es sollte natürlich etwas ganz Besonderes sein und diese Pflanze«, sie drehte sich zu ihrem Mann um, »wie heißt sie noch mal?«

»Keine Ahnung«, brummte er, »auf jeden Fall blüht sie nur einmal im Jahr.«

»Genau«, seine Frau strahlte sie an, »und dann auch nur nachts. So etwas hast du bestimmt noch nicht in deinem Garten.«

Nein, da war sie sich sicher, und tagsüber blühende Pflanzen waren ihr zudem lieber, aber sie sagte: »Wie wunderbar.«

Mehr fiel ihr dazu nicht ein, und glücklicherweise erforderten die nächsten Gäste ihre Aufmerksamkeit. Zusammen mit den üblichen Geburtstagswünschen bekam sie ein Geschenk überreicht, das schon angesichts der Form und des Gewichts als größeres Buch zu identifizieren war.

»Das ist ein ganz besonderer Ratgeber«, schmunzelte ihre Freundin und ihr Mann assistierte: »Passend zum runden Geburtstag.«

Sie packte es aus. *Erziehung von Stubenti-*

gern lautete der Titel auf dem Umschlag, und darunter las sie: *Auch Ihre Katze wird zum gut erzogenen Hund.* Die Freundin tippte auf den Autorennamen: Sabrina Flörsheiner-Monschweski.

»Die soll eine ganz berühmte Katzenkennerin sein!«

»Katzen kann man nicht erziehen«, hörte sie sich sagen und wie zum Beweis tauchte Kater Felix aus dem Wohnzimmer auf, um mit einem empörten Mauzen schnell über die Treppe nach oben zu verschwinden.

»Du wirst schon sehen. Die Buchhändlerin hat es in den höchsten Tönen gelobt. Ich glaube, es hat sogar einen Buchpreis gewonnen.«

Später würde sie es zu den etwa 20 anderen Katzenbüchern stellen, die sie im Laufe der Jahre geschenkt bekommen hatte.

»Hallöchen«, das nächste befreundete Ehepaar nahte und wieder wurde sie von einer nassen Freundin umarmt. »Du siehst gut aus. Die Siebzig sieht man dir überhaupt nicht an.«

Verhaltenes Gelächter. Der zugehörige Ehemann überreichte ihr eine Vase mit einem kunstvollen Blumengebinde.

»Zu deinem Ehrentag wollten wir dir natürlich etwas Besonderes schenken«, und als die Freundin ihren zweifelnden Blick sah, ergänzte sie: »Die Blumen sind es nicht, sondern die Vase. Und Vasen kann man ja nie genug haben.«

Mechanisch nickte sie. Es handelte sich um eine große Kristallvase. Davon hatte sie in kleinerer Ausführung vier im Keller stehen, geerbt von der Schwiegermutter.

»Wie schön«, brachte sie mühsam heraus.

Endlich saßen alle an dem großen Esstisch, bewunderten und lobten die herrlichen Speisen. Sie bemühte sich, die Gespräche am Laufen zu halten. Nach den üblichen Wetterkommentaren breitete sich Schweigen aus.

»Wie war denn euer Urlaub?«, wandte sie sich an ihre Nachbarin.

Die nächste halbe Stunde war gerettet. Zunächst erzählten die Nachbarn, wie schrecklich die Hotels in Kroatien waren. Ein Ehepaar berichtete von den Strapazen einer Reise auf dem Nil. Wieder andere steigerten die Katastrophenberichte, da sie wegen Insolvenz des Reiseunternehmens ihre Australienreise abgebrochen hatten. Das sorgte für weiteren Gesprächsstoff über Pleiten, Pech und Pannen beim Häuserbau. Viele hatten solche Horrorszenarien erlebt oder von ihnen gehört.

Die Schulfreundin hustete und schnupfte ununterbrochen. Erste Mitleidsbekundungen wurden laut. Und damit war die Gesprächsrunde bei Krankheiten angekommen. Ein unerschöpfliches Thema für ältere Gäste. Dazu konnte jeder etwas beitragen.

»Ich glaub, ich muss mal an die frische Luft«, meinte die Nachbarin, die letzte Raucherin der Runde.

Erstaunlicherweise erhoben sich alle bis auf die erkältete Schulfreundin und strebten auf die überdachte Terrasse. Das gab ihr die Gelegenheit abzuräumen, um gleich das Geschirr für den Nachmittagskaffee herzurichten.

»Sei nicht böse, wenn ich sitzen bleibe«, die Schulfreundin schniefte in ein Taschentuch, »aber ich bin wirklich wackelig auf den Beinen. Ich werde auch bald nach Hause fahren und mich hinlegen.«

»Natürlich«, sagte sie mitfühlend und nachdem sie wieder aus der Küche aufgetaucht war:

»Du gehörst ins Bett.«

Von draußen drangen die gedämpften Stimmen der übrigen Gäste herein. Sie schienen sich zu amüsieren, obwohl es weiterhin goss. Plötzlich nahm sie Gesprächsfetzen wahr, die ihre Aufmerksamkeit erregten.

»Findet ihr nicht auch … etwas muffelt«, jemand ergänzte »… strenger Geruch …« und dann die tiefe Stimme ihres Nachbarn: »… stinkt wie die Pest.« Irgendetwas musste im Garten liegen oder auf der kleinen Straße, die direkt am Zaun verlief.

Sie platzierte die letzte Torte auf den Tisch und rief nach draußen: »Der Kaffee ist fertig!«

Alle kamen herein und verspeisten den leckeren Kuchen. Aber ein angeregtes Gespräch stellte sich nicht wieder ein. Verzweifelt warf sie das Thema Einbruch in die Runde. Obwohl dies sonst ein Dauerbrenner war, zündete es nicht. Nach einer kurzen Anstandsfrist verabschiedeten sich ihre Gäste.

Ihr Mann hatte sich in den ersten Stock verzogen und nachdem alles abgeräumt war und das Wohnzimmer seinen Ursprungszustand hatte, setzte sie sich erschöpft mit einem

Cappuccino auf das große Sofa. Felix tauchte wieder auf und strich ihr mauzend um die Beine. Zur äußeren Ruhe breitete sich jetzt innere Zufriedenheit und ein Glücksgefühl in ihr aus. Alles hatte gut geklappt. Es war eine schöne Geburtstagsfeier gewesen, die Gäste waren etwas ungewöhnlich früh gegangen, aber sie war froh darüber. Mit siebzig hatte man nicht mehr die Kondition einer Sechzigjährigen.

Plötzlich drang es in ihr Bewusstsein. Irgendetwas roch, nein stank, und zwar hier in ihrem Wohnzimmer. Sie stand vom Sofa auf. Felix löste sich von ihren Beinen, mauzte wieder, um dann halb unter dem Sofa zu verschwinden. Er holte eine katzengerecht zubereitete große, halb verweste Maus hervor, die er ihr mit einem aufmunternden Blick vor die Füße legte, so als wollte er sagen: »Frauchen, und hier ist mein ganz besonderes Geschenk für dich.«

Der Maskenball

Schon zweimal hatte sie die Feier zu ihrem 70. Geburtstag wegen der Pandemie verschieben müssen.

Bei einem Glas Wein mit ihrer besten Freundin Sabine redete sie sich den Frust und die Enttäuschung von der Seele.

»Warum feierst du deinen runden Geburtstag nicht jetzt – coronagerecht mit Masken?«, schlug Sabine vor.

Sie verzog angewidert das Gesicht.

»Früher haben die Menschen sogar freiwillig Maskenbälle durchgeführt. Warum soll das heute nicht gehen?«, insistierte Sabine.

Mit jedem Schluck Wein nahm die Idee mehr Gestalt an und nun erwartete sie ihre Gäste.

Der Saal war festlich geschmückt. Große runde Tische, die eigentlich für 12 Personen gedacht waren, standen weit auseinander und waren jeweils nur für drei Paare eingedeckt. Die später zu nutzende Tanzfläche war außerdem durch fahrbare Blumenkübel und Raumteiler geschickt abgegrenzt.

In Erwartung ihrer Gäste stand sie aufgeregt wie ein junges Mädchen neben ihrem Mann. Sie hatte um festliche Kleidung gebeten und um besondere Masken. Entweder sollte die Mund-Nasen-Bedeckung zur Kleidung passen oder zum Beruf, zu den Vorlieben oder Eigenschaften des Trägers. Sie selbst trug eine mit kleinen Swarovski-Steinen besetzte Maske aus dem Stoff ihres smaragdgrünen Kleides, während ihr Mann, der sich sehr für Literatur interessierte, eine Maske mit aufgedruckten Büchern gewählt hatte.

Als Erste traf ihre Freundin Sylvia, eine erfolgreiche Malerin, mit ihrem Mann ein. »Deine Aufforderung, heute besondere Masken zu tragen, hat mich auf die Idee gebracht, das Thema Corona und Masken künstlerisch zu bearbeiten und außerdem einige meiner Bilder auf Masken abzubilden.«

Sylvia stellte demonstrativ ein großes, abstraktes Gemälde auf den Geschenketisch.

»Vielen Dank, die Farben sind wunderschön«, sagte sie, »und da ist ja auch noch die passende Maske.«

Am Rahmen hing in einer kleinen, durchsichtigen Plastiktüte ein Mund-und-Nasen-schutz mit exakt demselben Bildmotiv.

Inzwischen hatte sich eine Gästeschlange gebildet, selbstverständlich mit Abstand.

Die Vielfalt der unterschiedlichen Masken sorgte für Heiterkeit und war ein erster Gesprächsaufhänger. Die meisten der älteren Herren hatten sich für eine Maske in der Farbe ihrer Krawatte entschieden, drei Smileys lächelten sie an und es gab etliche Motiv-Masken. Zum Vegetarier passte das abgebildete Gemüse, zu einer Reiterin galoppierende Pferde und bei einer passionierten Bridgespielerin entdeckte sie Karten.

Als ihre 95-jährige Patentante Anita am Arm ihres Sohnes Jürgen hereinkam, war sie zunächst etwas schockiert, aber dann musste sie doch schmunzeln, denn deren Maske – ein durchgestrichener Totenkopf – war zwar provozierend, aber passend. Mit ihrer durchdringenden Altstimme erklärte die alte Dame ihr und allen anderen Gästen: »Als alte Giftmischerin sei mir das erlaubt.« Natürlich wussten die meisten, dass sie jahrzehntelang eine große Apotheke geleitet hatte.

Als alle einen Platz gefunden hatten, hielt sie als Gastgeberin eine kleine Ansprache.

»In dieser besonderen Zeit freue ich mich, euch hier zu diesem besonderen Fest zu begrüßen. Ich hoffe, dass es unter den besonderen Umständen auch eine schöne Feier wird. Damit wir nicht die Corona-Regeln im Laufe des Abends vergessen, habe ich Peter gebeten, als Zeremonienmeister zu fungieren.«

»Ich hoffe, ich brauche nicht aktiv zu werden, aber im Extremfall«, sagte er, holte eine zusätzliche Maske aus seiner Hosentasche und setzte sie auf, »werde ich den Täter vom Tatort entfernen.«

Auf der Maske war ein Paar Handschellen zu sehen. Alles lachte. Sie war froh, den Richtigen für diese schwierige Aufgabe gewonnen zu haben. Als ehemaliger Kriminalrat würde sich Peter konsequent, aber mit Humor durchsetzen.

Als sie alle mit der Vorspeise beschäftigt waren, wurde der Clown zum ersten Mal gesichtet. Zunächst stand er nur kurz an der Saaltür, dann tauchte er plötzlich hinter einem der Raumteiler auf, um dann etwas schüchtern watschelnd wieder in der noch dunklen Saalhälfte zu verschwinden.

Nachdem der Vorspeisengang abgeschlossen war, kam er wieder, ein Clown wie aus einem Bilderbuch. Dicker, unförmiger Rumpf, riesige Schuhe, eine Vollmaske mit dem typischen großen Mund, der roten Knollennase und den hochgezogenen Augenbrauen. Die Perücke mit Teilglatze und abstehenden, struppigen roten Haaren komplettierte ein Prachtexemplar seiner Gattung.

Nun ging er von Tisch zu Tisch und verbeugte sich stumm.

»Brigitte, das ist eine nette Idee«, sagte gerade Peter.

»Ich habe den Clown nicht engagiert«, entgegnete sie. »Keine Ahnung, wer das gemacht hat.«

Der Clown zeigte am Nachbartisch gerade einen größeren Beutel, der augenscheinlich leer war. Zum Beweis ließ er Peter hineinschauen, der dies lautstark bestätigte. Dann lief er mit seinen großen Füßen erstaunlich behände zum Nachbartisch und forderte Tante Anita auf, durch besondere Gesten den Beutel zu beschwören. Die schaltete sofort und machte das Spiel mit, indem sie mit ihrer lauten Altstimme »Abrakadabra!« ausrief. Der Clown nickte erfreut, griff in den Sack und holte nun einen Blumenstrauß hervor, den er mit weit ausholender Geste der Jubilarin überreichte. Laut las sie den kleinen angehängten Zettel vor: »Für Brigitte – alles Gute nachträglich zum Geburtstag.« Eine Unterschrift fehlte.

Eine Zeit lang war der Clown verschwunden. Dann, nach dem Dessert, schleppte er eine augenscheinlich schwere Schatztruhe herbei, die er nur mit Mühe auf den Geschenketisch hievte. Theatralisch winkte er sie heran und bedeutete ihr, die Truhe zu öffnen.

»Ich bekomme sie nicht auf! Da ist ein großes Schloss, aber ich habe den Schlüssel nicht«, erklärte sie der Runde ihr Problem.

Der Clown deutete auf ihren Mann und machte eine Bewegung des Aufschließens.

»Tut mir leid, auch ich habe nicht den passenden Schlüssel.«

Danach zeigte der Clown noch auf zwei weitere Gäste, aber alle verneinten. Mit jedem Mal schien der Clown verzweifelter zu werden.

Sein ganzer Körper sackte immer mehr zusammen, er raufte sich die Haare, zuckte mit den Schultern und auf der Maske glaubte sie die Mutlosigkeit zu erkennen. Plötzlich aber straffte sich sein Körper wieder und das Clownsgesicht schien fröhlich zu lachen. Das konnte doch nicht sein, dachte sie, die Maske ist starr und doch schien es so, als spiegelten sich auf ihr die Emotionen ihres Trägers.

Inzwischen war der Clown bei ihrer Freundin Sylvia angekommen und zeigte energisch auf deren große Handtasche.

»Da ist der Schlüssel auch nicht drin«, lachte Sylvia, aber der Clown ließ nicht locker.

Immer noch lachend begann die Freundin den Inhalt ihrer Handtasche auszupacken, was natürlich bei den anderen Gästen frotzelnde Kommentare auslöste. Nun zeigte Sylvia dem Clown ihre leere Tasche. Er schüttelte den Kopf, tauchte umständlich seine leere Hand hinein und holte einen großen Schlüssel heraus. Er drohte Sylvia scherzhaft mit dem Zeigefinger und schüttelte wieder den Kopf. Die Stimmung im Saal wurde immer gelöster.

In der Schatztruhe befanden sich unzählige

Goldtaler – aus Schokolade. Obenauf lag ein Reisegutschein, wie sie es sich von ihren Gästen zum Geburtstag gewünscht hatte.

»Vielen herzlichen Dank«, sie sah sich um. Der Clown war schon wieder verschwunden. »Aber bei wem bedanke ich mich jetzt?« Suchend blickte sie in die Runde.

»Meine lieben Freunde und Verwandten«, richtete sie sich an alle, »ich habe euch ja zu einem Maskenball eingeladen und jetzt seid ihr gestärkt genug, damit der zweite Teil des Balls beginnen kann. Unter Corona-Bedingungen dürften leider nur die jeweils zusammenlebenden Paare miteinander tanzen. Aber es gibt eine coronagerechte Tanzform, bei der alle mitmachen können – Line-Dance. Dabei tanzt jeder für sich allein, zudem mit Abstand, aber nach vorher einstudierten einfachen Tanzschritten.«

Das Servicepersonal schob die Raumteiler beiseite, das Licht im hinteren Teil des Saales ging an und Linien auf dem Fußboden wurden sichtbar. Sie stellte die von ihr engagierte Tanzlehrerin vor und zusammen mit zwei Freundinnen demonstrierten sie eine kurze Tanzsequenz. Zwei Tanzwillige näherten sich

34

mit ihren Masken bewehrt der Tanzfläche, während alle anderen skeptisch blieben oder sich nicht trauten.

Wie aus dem Nichts war der Clown wieder da. Er stellte sich liniengetreu auf und versuchte ebenso wie alle anderen die Schrittfolgen zu erlernen. Da er aber immer mal wieder Fehler machte, nahm er den anderen die Scheu, es auch zu probieren. Als er dann bei der nächsten Musik und Schrittfolge weitere Damen und Herren aus dem Publikum auf die Tanzfläche bat, war der Bann gebrochen.

So wurde viel getanzt, erzählt und gelacht. Der Clown ging von Tisch zu Tisch und unterhielt die gerade nicht tanzenden Gäste mit kleinen Zauberkunststücken. Dann war er endgültig verschwunden.

Gegen Mitternacht kamen Tante Anita und Jürgen zu ihr.

»Sei nicht böse«, sagte Tante Anita, »aber ich brauche jetzt meinen Schönheitsschlaf.«

»Verständlich, aber bevor ihr geht, möchte ich mich bei euch ganz besonders herzlich bedanken!«

Sie hatte sich inzwischen die Geschenke et-

35

was genauer angesehen.

»Ihr seid die Einzigen, denen kein Geschenk auf dem Tisch zuzuordnen ist, und daher kann diese wunderbare Idee mit der Schatztruhe und dem Clown nur von euch stammen.«

Ihre Tante kicherte. »Schlaues Mädchen. Ich weiß schon, weshalb du immer meine Lieblingsnichte warst.«

Sie wollte ihrer Tante gerade um den Hals fallen, als sie durch die scharfe Stimme des Zeremonienmeisters zurückgerufen wurde: »Stopp – im Namen von Corona!«

Du meine Güte, wie peinlich wäre es gewesen, wenn ausgerechnet sie die Regeln gebrochen hätte.

Mittlerweile standen alle in einem großen Kreis um sie herum.

»Soll ich euch ein Taxi rufen!«, sagte sie zu ihrer Tante.

»Nein, danke. Meine Enkelin Miriam fährt uns«, dabei zeigte sie hinter sich auf ein junges, unscheinbares Mädchen in Jeans und Sweatshirt, angetan mit einer dieser hässlichen hellblauen Alltagsmasken.

»Gern hätten wir uns alle auch noch mit

einem großen Applaus von dem Clown verabschiedet. Bitte richte dem Künstler aus, und da spreche ich wohl im Namen aller, wie gut uns seine Aktionen gefallen haben.«

Sie schaute in eine kopfnickende Runde mit strahlenden Augen.

»Das kannst du dem Künstler selbst sagen«, sagte Tante Anita stolz.

Das unscheinbare Wesen gab ihr eine Visitenkarte.

»Miriam Hagen«, las sie laut vor, »zauberhafte Clownereien.«

Erstaunte Bravorufe und lang anhaltender Beifall folgten.

»Das war die schönste Geburtstagsfeier meines Lebens!«, beendete sie den Maskenball und fügte in Gedanken hinzu: Trotz Corona.

Die Umweltsau

Es passierte, als sie am Kaffeetisch saßen. Ihre Enkelin hielt ihr Smartphone hoch und spielte allen das altbekannte Lied vor »Wir versaufen unser Oma ihr klein Häuschen«, jetzt in der modernen Form mit dem Refrain »Unsere Oma ist ne alte Umweltsau«.

»Ist das nicht voll krass?«, begeisterte sich ihre siebzehnjährige Enkeltochter, eine überzeugte Umweltmitläuferin. Totenstille folgte. Auf der Stirn ihres Sohnes zeigte sich die Zornesfalte. Ihre Schwiegertochter hatte sich als Erste wieder gefasst. »Dir ist aber schon klar«, sie wandte sich an ihre Tochter, »dass deine Oma hier am Tisch sitzt?«

»Bei der du dich jetzt sofort entschuldigst!«, donnerte ihr Sohn hinterher.

»Wieso das denn?«, konterte ihre Enkelin, »erstens habe ich das Lied nicht gemacht, zweitens trifft es zu und drittens hat diesen ganzen Scheiß doch diese Generation angerichtet. Hätten die nachhaltiger und umweltschonender gelebt, müsste meine Generation dies nicht alles im wahrsten Sinne des Wortes ausbaden.«

41

Es folgte eine heftige Diskussion zwischen Vater und Tochter, zum Teil notdürftig von ihrer Schwiegertochter etwas eingedämmt. So wird das nichts, dachte sie, da muss man mit pädagogischem Gespür vorgehen, und eine Idee schoss ihr durch den Kopf.

»Jasmin hat ja recht«, sagte sie betont ruhig in eine kurze Kampfpause hinein, obwohl sie innerlich kochte. Augenblicklich hatte sie die gesamte Aufmerksamkeit auf sich gezogen. Ihr Sohn schaute sie entsetzt, ihre Schwiegertochter erstaunt und ihre Enkelin triumphierend an.

»Als ich siebzehn war, haben wir nicht über Nachhaltigkeit und Umwelt nachgedacht und schon gar nicht danach gelebt. Was hältst du denn davon«, sagte sie gelassen, »wenn du für ein Wochenende zu mir nach Waldhagen kommst?« Ihre Enkelin verzog das Gesicht. »Wir sind dann zwei siebzehnjährige Freundinnen zu der Zeit, als ich in dem Alter war, also 1967. Ich wohne ja noch in meinem Elternhaus und so bekommst du einen Eindruck, wie wir damals mit der Umwelt umgegangen sind.«

Ihre Schwiegertochter begriff sofort, während ihr Sohn skeptisch guckte. Es wurde etwas hin und her diskutiert, aber dann war ihre Enkelin einverstanden und ein Termin in vierzehn Tagen vereinbart. Ein bisschen Vorbereitungszeit würde sie benötigen. Eine Bedingung hatte sie gestellt: »Das Smartphone bleibt zu Hause und«, fügte sie mit einem leichten Schmunzeln hinzu, »du solltest sicherlich ein paar dicke Socken einpacken. Es ist dann schließlich Mitte November.«

Ihr Sohn hatte darauf bestanden, dass seine Tochter nicht demonstrierte, sondern die Schule besuchte, und so wurde sie am Freitagnachmittag von ihrer Mutter gebracht.

Es war einer dieser nieseligen, feuchtkalten Novembertage, an denen es gegen 16.00 Uhr dunkel wurde. Ihre Enkelin hatte unter lautem Protest schließlich ihr Smartphone abgegeben. Das Spiel begann.

»Toll, dass deine Mutter dich gebracht hat. Meine Eltern machen einen Kegelausflug und so haben wir dieses Wochenende hier sturmfreie Bude.«

Ihre Enkelin brauchte wieder etwas länger,

bis sie begriff: »Oma, du siehst aber nicht wie siebzehn aus.«

Sie lachte: »Da liegen auch nur 53 Jahre dazwischen. Wäre ja schlimm, wenn die spurlos vergangen wären.«

Sie wurde in den Arm genommen. »Aber du siehst cool aus und überhaupt nicht wie siebzig.«

Na, das war doch mal ein guter Start, und sie drückte ihrerseits ihre Enkelin an sich. »Willkommen im Jahr 1967. Pack nur schnell deine Sachen aus. Im Wohnzimmer wartet der selbstgebackene Kuchen.«

Ihre Enkelin trottete in das ehemalige Mädchen- und heutige Gästezimmer. Es dauerte erwartungsgemäß nicht lange, bis sie wieder auftauchte. Der Kachelofen verbreitete eine wohlige Wärme, der Tee dampfte in der Tasse und der Kuchen verströmte einen herrlichen Duft.

»Oma, die Heizung in meinem Zimmer ist eiskalt, obwohl sie voll aufgedreht ist!«

»Ich weiß«, sie nickte bestätigend.

»Kommt der Monteur bald? Oh, hier ist es aber schön warm!«

»Es kommt kein Monteur.« Sie ließ die Aussage etwas wirken, um nachzulegen: »1967 gab es in diesem Haus keine Zentralheizung und daher habe ich sie ausgestellt.«

»Aber wie wurde dann geheizt, ich meine, im ganzen Haus?«

Demonstrativ legte sie ein Holzscheit in den Ofen, bevor sie antwortete: »Der Kachelofen wurde allerdings immer erst mittags angemacht, wenn ich aus der Schule kam. Und so war es im Wohnzimmer ab dem späteren Nachmittag und am Abend schön mollig warm.«

Ihre Enkelin nickte zufrieden.

»Oma, ich mach mir nur schnell einen Latte in der Küche.« Sie war sofort wieder da. »Wo ist denn die Kaffeemaschine?«

Sie bemühte sich um einen ernsten Blick, auch wenn sie innerlich lachte. »Welche Kaffeemaschine?«

Der Gesichtsausdruck ihrer Enkelin: unbezahlbar.

Sie plauderten eine Zeit lang miteinander, tranken Tee und aßen von dem herrlichen Apfelkuchen, mieden dabei aber die heiklen politischen Themen.

»Die Äpfel sind auch heute noch aus dem eigenen Garten. Früher hatten wir dort, wo die große Rasenfläche ist, einen Gemüsegarten mit Kartoffeln, Erbsen, Bohnen und natürlich auch Erdbeeren. Es wurde hauptsächlich gegessen, was wir selbst oder die Nachbarn angebaut hatten.«

»Aber ihr habt Fleisch gegessen«, ihre Enkelin verzog das Gesicht.

»Ja, damals gab es hier auch noch einen Schlachter im Ort.«

»Oma, darf ich mal deinen Computer benutzen? Ich musste ja mein Smartphone zu Hause lassen.«

Sie schaute ihre Enkelin mit einem Lächeln an, brauchte es gar nicht auszusprechen.

»Ach so«, sagte diese mit einer leichten Panik in der Stimme, »ihr hattet ja auch keine Computer. Aber ich müsste meiner einen WhatsApp-Gruppe dringend was mitteilen!«

»Da steht das Telefon«, sie zeigte auf ihren Festnetzapparat, »aber denk daran, telefoniere nicht so lange, es ist ein Ferngespräch und die sind teuer.« Sie klärte ihre Enkelin über die damaligen Telefonkosten auf.

»Was wollen wir denn jetzt machen? Wir könnten eine Partie Schach spielen oder fernsehen«, dabei ging sie in Richtung des kleinen Fernsehers, einem Röhrenmodell, den sie sich extra von dem alten Bauer Hinrichs ausgeliehen hatte. Ihren eigenen hatte sie mühsam auf den Dachboden geschafft.

»Das darf doch nicht wahr sein. Aus welchem Museum stammt denn der?«, grinste ihre Enkelin. »Wo ist die Fernbedienung?«

»So etwas gab es noch nicht.«

Weise entschieden sie sich, Schach zu spielen. Es brachte es ihnen viel Spaß und so wurde es ein gemütlicher Abend.

»Morgen müssen wir früh raus!«, spielte sie ihren nächsten Trumpf aus.

»Oma, es ist Sonnabend und«, ihre Enkelin gähnte demonstrativ, »da können wir lange ausschlafen.«

Sie schüttelte bedauernd den Kopf. »Nein, das geht nicht, denn wir müssen zur Schule! Jeden Sonnabend hatten wir je nach Stundenplan drei oder vier Stunden, aber morgen haben wir Glück«, meinte sie mit einem Lächeln, »da brauchen wir erst um neun da sein.«

47

»Muss das denn sein?«, maulte ihre Enkelin.

»Ja, denn Schulstreiks kannten wir noch nicht«, antwortete sie mit einem ironischen Unterton. »Ich wecke dich so gegen sieben, denn kurz nach acht sollten wir losfahren.«

»Wieso brauchen wir so lange? Ist die Schule nicht in Neustadt? Da sind wir doch in einer Viertelstunde.«

»Mit dem Auto, aber nicht mit dem Fahrrad.« Ihre Enkelin verzog das Gesicht. »Abgesehen davon, dass ich mit siebzehn noch keinen Führerschein hatte und die Kinder noch nicht von ihren Müttern mit dem SUV zur Schule gefahren wurden, müsste das Fahrrad für dich als Umweltaktivistin doch das ideale Verkehrsmittel sein.«

Wie erwartet kam der große Wutausbruch am Morgen, als ihrer Enkelin im kühlen Badezimmer klar wurde, dass aus der Dusche nur kaltes Wasser kommen würde.

»Nach Meinung vieler Dermatologen soll häufiges Duschen für die Haut gar nicht gesund sein«, tröstete sie und goss ihr mit dem Kessel warmes Wasser ins Waschbecken.

Die Fahrt zur Schule verlief einsilbig, nicht

48

nur weil die Straße immer sanft anstieg. Im Gebäude erwartete sie schon der gebriefte, bestens gelaunte Hausmeister, den sie in der Zeit ihrer Lehrtätigkeit eher muffelig erlebt hatte. Aber er schien Gefallen an der Zeitreise zu haben und da die üble Laune ihrer Enkelin zu offenkundig war, erkundigte er sich wohlweislich nur nach ihrem Wohlbefinden.

Sie saßen in dem Klassenzimmer, in dem sie unterrichtet worden war, und anhand alter Fotos versuchte sie die damalige Zeit wiedererstehen zu lassen.

»Du sahst aber komisch aus«, lachte jetzt ihre Enkelin, »und diese Frisuren!« Dabei zeigte sie auf einen Jungen.

»Das war der Schwarm aller Mädchen.« Sie erzählten sich gegenseitig Geschichten aus ihren Klassen, wie es eben zwei Teenager tun.

Dann wurde es wieder ernst. Sie setzte sich ans Lehrerpult und griff zu dem Ordner, den der Hausmeister verabredungsgemäß dort hingelegt hatte.

»Nun war ich an dieser Schule nicht nur Schülerin, sondern einige Jahre später auch Lehrerin. Und jetzt machen wir einen Sprung nach vorn in unserer Zeitreise.« Sie zeigte aus dem Fenster auf einen anderen Klassenraum in der großen Schulanlage. »Dort habe ich in einer zehnten Klasse Biologie unterrichtet, und zwar auch schon über das Thema Energiegewinnung. Ich kann mit dir jetzt diese Stunden nicht eins zu eins wiederholen, denn ich habe dies in Form eines Planspiels gemacht. Dafür bräuchte ich mindestens sechzehn Schüler und mehrere Schulstunden, aber wenn es dich interessiert, kann ich dir anhand meines Unterrichtskonzeptes die Inhalte und die didaktische Konzeption erläutern.«

Ihre Enkeltochter fragte erstaunt: »Du hast damals schon mit Schülern die Problematik von Kernkraftwerken behandelt?«

Sie redeten miteinander über die aktuelle Umweltpolitik, hörten einander zu. Die Gemeinsamkeiten waren groß und die Meinungsverschiedenheiten akzeptabel.

Der Schulgong ertönte und wenig später erschien grinsend der Hausmeister: »Ich hab gedacht, jetzt ist mal Schulschluss!« Sie hatten die Zeit völlig vergessen.

Nach einem ausgiebigen Mittagessen im

Ratskeller und einer beschwingten, weil überwiegend abschüssigen Rückfahrt mit dem Rad verlangte ihr Körper seinen Mittagsschlaf.

»Ich leg mich jetzt ein bisschen hin, denn heute Abend gehen wir in die Disco und da will ich fit sein«, sagte sie zu ihrer Enkelin, die sich schon längst über nichts mehr wunderte.

Zunächst stand ihre Enkeltochter etwas unschlüssig herum, sie schien wieder ihr Smartphone zu vermissen, dann aber marschierte sie zu den Bücherregalen, suchte sich ein Buch aus und kuschelte sich auf dem Sofa in eine Decke.

»Fahren wir zur Disco wieder mit dem Rad in die Stadt?«, erkundigte sich ihre Enkelin.

»Nein, wir gehen zu Fuß.« Sie überreichte ihr eine Taschenlampe.

»Wofür brauchen wir die denn? Wandern wir durch den Wald?«

Sie schüttelte den Kopf. »Vielleicht dauert es länger und ab halb zwölf gehen hier die Straßenlaternen aus.«

»Es ist eben doch ein Kuhdorf«, grinste ihre Enkelin.

Sie bemühte sich, ernst zu bleiben. »Nun, dieses Kuhdorf verhält sich sehr umweltbewusst und energiesparend, übrigens schon seit Jahren. Das wäre doch auch eine gute Idee für Hamburg.«

Sie grinste, denn sie stellte sich vor, dass jeden Abend in der Stadt sämtliche Lichter ausgehen würden.

Gegen acht Uhr machten sie sich auf den Weg. Ein älterer Herr kam ihnen mit einem Hund entgegen. »Na, wo wollt ihr beiden Hübschen denn noch hin?«, fragte er mit einem Lächeln.

»Hier soll es eine Disco geben?«, platzte ihre Enkelin heraus.

»Klar gibt es die«, er zwinkerte ihr zu, »und vielleicht komm ich nachher auch noch vorbei.«

Das wirst du hoffentlich nicht tun! Die Rentnergang hatte geholfen, das ehemalige Tanzlokal zu entrümpeln, und daher wusste er von ihrem Experiment.

Die Disco war im Laufe der Jahre zu einem halb verfallenen Schuppen verkommen. Aber es gab ein paar wackelige Stühle und Tische um eine Tanzfläche herum, über der sich eine Kristallkugel drehte, die durch Scheinwerfer

52

bunte Strahlen in alle Richtungen schickte. Die schummerige Beleuchtung überdeckte gnädig die Schäbigkeit. Auf einem Tisch stand ein Plattenspieler, der mit riesigen Lautsprecherboxen verbunden war. Sie hatte ihre alten Platten schon bereitgelegt, es gab die unterschiedlichsten Getränke und die damals beliebten Erdnuss-Flips. Dröhnend ertönten die ersten Akkorde der E-Gitarre und Mick Jagger legte los: »I can´t get no satisfaction!«

»Das sind ja die Stones!«, rief ihre Enkelin aus.

»Ja, die Stones, die Beatles und die Beach Boys, die Bands meiner Jugend«, schmunzelte sie. Sie erzählte ihr, dass sie alle bei Live-Konzerten erlebt hatte, und so gab es wieder reichlich Gesprächsstoff. Sie fing an zu tanzen, erst zaghaft, dann traute sie sich immer mehr. Die Erinnerungen wurden wach, sie vergaß ihr Alter und fühlte sich wie eine Siebzehnjährige. Nach anfänglichem Zögern tanzte ihre Enkelin mit. Sie lachten, waren gemeinsam außer Atem und als die Tür aufging und der jetzige Besitzer des Schuppens verabredungsgemäß hereinkam, waren sie erstaunt, wie die Zeit vergangen war. Zielstrebig steuerte er das junge Mädchen an.

»Den Ausweis«, forderte er resolut.

»Was soll das denn?«, entgegnete diese entrüstet.

»Ab zehn Uhr müssen Minderjährige unter achtzehn Jahren die Disco verlassen. Bei Helga«, er wandte sich verschmitzt der Siebzigjährigen zu, »weiß ich ja, dass sie erst siebzehn ist, aber dich kenne ich ja nicht.«

Auf dem Nachhauseweg kicherten sie wie zwei junge Mädchen. Sie verriet ihrer Enkelin, dass sie mit dem Hundebesitzer früher mal gegangen war, wie man es so nannte, lange, bevor es Opa in ihrem Leben gab. Das Thema Beziehungen sorgt bei allen Altersklassen für ausreichend Gesprächsstoff und so klönten sie bis tief in die Nacht.

Fürsorglich legte sie ihrer Enkelin eine Wärmflasche in das kalte Bett.

»Oma«, sagte sie, nachdem sie unter die Decke geschlüpft war, »entschuldige«, sie stockte, »du weißt schon, die Umweltsau, das trifft auf dich natürlich nicht zu.« Und nach einer Pause: »Kannst du nicht die Heizung wieder anmachen? Ich habe es doch jetzt begriffen.«

Sie hob fragend die Augenbrauen. »Was hast du begriffen?«

»Ach Oma!«, entgegnete eine genervte Enkelin, »na ja, mir ist klar geworden, ihr habt früher viel energiesparender und nachhaltiger gelebt, als man so denkt, aber eben unbewusst. Dann ist vieles komfortabler geworden und damit wurden immer mehr Ressourcen verbraucht. Ich glaube, man muss alles mehr hinterfragen, nichts verallgemeinern und pauschal anklagen. Wie hast du gesagt, man muss es differenzierter betrachten.«

»Wer ist man?«, fragte sie nach, aber da war ihre Enkelin schon fast eingeschlafen.

»Ich«, hauchte sie.

»Das ist ein guter Anfang.« Sie strich ihr zärtlich übers Haar, wie früher bei dem kleinen Mädchen. Innerlich machte sie einen Haken – Lernziel erreicht!

Am nächsten Morgen stand sie unter der Dusche und genoss die warmen Wasserstrahlen. Manchmal hatte es seine Vorteile, eine Umweltsau zu sein.

55

Der Untermieter

Da war es wieder, ein leises Geräusch, aber unüberhörbar. Dann Stille, die nur vom Schnarchen ihres Mannes unterbrochen wurde. Sie wälzte sich im Bett hin und her. Sanft stupste sie ihn an. Er grunzte und drehte sich auf die Seite, die Schnarchgeräusche blieben aus. Dafür hörte sie deutlich die trippelnden Schritte über ihrem Kopf. Das werden Mäuse sein. Es klang recht laut, aber auf dem nicht ausgebauten Dachboden übertrugen sich die Geräusche gut. Ihr Mann hatte sich wieder auf den Rücken gedreht, das vertraute Schnarchen ertönte und etwa eine Stunde später war sie dann endlich eingeschlafen.

»Wir haben Mäuse auf dem Dachboden«, verkündete sie beim Frühstück.

»Hhm«, brummte er, »die tun ja nichts.«

»Erstens tanzen sie uns auf dem Kopf herum, ich habe lange wach gelegen«, insistierte sie, »und zweitens werden es wohl bald zig Mäuse sein. Im Keller müssten wir eigentlich noch zwei Mausefallen haben.« Sie schnitt große Käsestücke zurecht.

59

In der nächsten Nacht passierte nichts. Diesmal schlief sie erst spät ein, weil sie immer an die armen Mäuslein dachte. Ob die schon tot waren oder zappelnd in den Fallen hingen? Sie schauderte.

Mühsam kämpfte sich ihr Mann die steile Klappstiege zum Dachboden hoch. Vorausgegangen war eine lange Diskussion, ob dies nötig sei.

»Wenn die Mäuse tot sind, wird es anfangen zu stinken. An die vielen Maden und Fliegen will ich gar nicht denken.«

Er brüllte von oben durch die Luke nach unten: »Die Fallen sind leer und der Käse ist noch da.«

Ein kleiner Stein fiel ihr vom Herzen.

In der nächsten Nacht waren wieder die vertrauten trippelnden Schritte zu hören. Angestrengt horchte sie. Es schien nur *ein* Tier zu sein. Sie telefonierte am Morgen mit einem Raiffeisenmarkt.

»Käse lockt keine Maus mehr unter dem Sofa hervor! Nehmen Sie Nutella, aber nur das echte. Mäuse lieben das«, empfahl der nette Verkäufer.

60

In ihrem Kopfkino sah sie eines dieser Nagetiere von der Couch in ihre Küche eilen. Sie verdrängte die Gedanken, besorgte die Lieblingsspeise der Tiere und ihr Mann präparierte die Fallen.

Es war herrlich still in der Nacht, bis auf das vertraute Schnarchen, aber am frühen Morgen – da waren sie wieder – die Schritte über ihr. Es schienen jetzt mindestens zwei Tiere zu sein und dann hörte sie ein deutliches Fauchen.

»Mäuse fauchen nicht«, erklärte sie ihrem Mann beim Frühstück.

»Dann wird es wohl ein Marder sein«, sagte er gelassen.

»Ach herrje, die wird man doch nie wieder los!«

Er zuckte mit den Schultern. »Müllers haben mal einen gehabt. Die stehen unter Artenschutz oder so ähnlich.«

»Und was haben die gemacht?«

»Sie haben sich vom Jäger eine Lebendfalle ausgeliehen und ihn dann hinten am Wald wieder freigelassen.«

Sie stellte sich vor, wie ihr nicht mehr so gelenkiger Mann mit einem sperrigen Gerät inklusive eines um sich beißenden Marders, die steile Holzstiege herunterkletterte und das fauchende Tier durch das ganze Haus transportierte.

»Das hat dann nicht lange gedauert«, hörte sie ihrem Mann wieder zu, »und der Marder war in das Haus zurückgekehrt.«

»Aber du hast gesagt, sie haben mal einen gehabt. Sind sie ihn dann doch losgeworden?«

Er nickte. »Nach dem nächsten Fang sind sie mit dem Marder etwa eine Stunde über die Autobahn gefahren und haben ihn erst dann auf einem Feld herausgelassen.«

»Gibt es denn nicht eine andere Möglichkeit? Das ist doch sehr aufwendig.«

Auf dem Hundespaziergang kam sie mit dem Herrchen von Bella ins Gespräch und fragte ihn nach Mardervertreibungsmaßnahmen.

»Das ist ganz einfach«, meinte er, »Marder hassen Hunde. Stellen Sie einfach ein paar Schalen mit Urin von Ihrem Hund auf den Dachboden und der Marder flüchtet.«

»Und hat dir der Typ auch gesagt, wie du den Urin sammeln sollst?«, grinste ihr Mann.

Ihr Rauhaardackel Fiete schien sie dabei erwartungsvoll anzusehen. Sie gab zu, dass das bei dem Dackel mit seinen kurzen Beinen schwierig sein würde. So packte sie eine fest zu verschließende Dose ein und marschierte mit Fiete die bekannten Gassiwege ab. Sie hoffte, einem großen Rüden zu begegnen.

Rex, ein Boxermischling, samt Frauchen nahte. Aber dummerweise war Rex der Erzfeind von Fiete und daher ließ sie diese Gelegenheit vorüberziehen. Weit und breit tauchte kein anderer Hund auf und sie war schon eine Stunde unterwegs. Da fielen ihr David und Goliath ein. Sie wohnten zusammen mit ihrer vielköpfigen Familie am Dorfrand. Vorsichtshalber band sie Fiete an den Gartenzaun und betrat das Grundstück. Lautes Hundegebell meldete ihr Kommen und da schoss Goliath auf sie zu, ein kleiner agiler Zwergspitz. Sein schrilles Bellen schmerzte in ihren Ohren. David folgte langsam, sich seiner Größe bewusst. Da sie beide kannte, hatte sie keine Angst, denn die Dogge war ein gutmütiges Tier und der Spitz eine Krawallnudel. Dennoch blieb sie respektvoll stehen. Da tauchte das Frauchen

63

der beiden auf und die Hunde beruhigten sich. Sie erklärte die Lage.

»Und wie hast du dir das rein praktisch gedacht?«

»Nun, wenn David das Bein hebt, kann ich doch schnell die Dose in den Strahl halten und dann habe ich das wertvolle Nass.«

Die beiden Frauen zogen mit den drei Hunden los. Fiete und Goliath tobten durch die Gegend. David schritt majestätisch einher, schnupperte an jedem zweiten Grasbüschel, aber hob nicht sein Bein.

»Da vorne pinkelt er immer«, sein Frauchen zeigte auf einen großen Stein.

Vorsorglich nahm sie den Deckel von dem Gefäß und überlegte, von welcher Seite sie die Sache angehen sollte, als David schon alles erledigt hatte. Zwei weitere Versuche endeten kläglich. Immer wenn sie sich dem Rüden mit gezückter Dose näherte, brach der den Vorgang ab und schaute sie irritiert an. Beim dritten Mal landete ein wenig Urin in dem Behälter, das meiste aber über ihrem Arm. Jetzt reichte es, sie beendete das Experiment.

Das Frauchen von David und Goliath gab

einen anderen Tipp.

»Marder hassen laute Geräusche, zum Beispiel dröhnende Musik«, erklärte sie bei einer Tasse Tee ihrem Mann. »Wir stellen einfach ein Radio auf den Dachboden und lassen es die Nacht über an.«

Nach längerer Diskussion entschieden sie sich für den Klassik-Sender. Sie lauschten Beethovens 9. Sinfonie und bemühten sich, dabei einzuschlafen. Bei einem Chopin-Klavierkonzert war es ihr dann endlich gelungen.

Zwei Nächte später, im Radio spielten sie die ungarischen Tänze von Brahms, waren die Batterien des Radios leer und die Musik verstummte. Dafür war das vertraute Trippeln wieder zu hören. »Marder scheinen Brahms zu lieben«, murmelte ihr Mann halb im Schlaf.

Die jungen Leute vom Nachbargrundstück grinsten über ihre Versuche, den Marder zu vertreiben.

»Klassik geht nicht«, sagte der Nachbar, »aber Heavy Metal können die Viecher nicht ausstehen.«

»Auf welchem Sender spielen sie so etwas?«

Er gab ihr einen Tipp und meinte: »Stellen

sie es ruhig ganz laut ein, dann haben wir auch noch was davon:«

»Das ist ja nicht auszuhalten!«, schimpfte ihr Mann, kaum dass sie im Bett lagen, über die dröhnende Musik. Wütend klappte er die Dachtreppe herunter und schaltete das Radio aus.

Am nächsten Morgen hatte der beste aller Ehemänner im Internet recherchiert.

»Es gibt zig Firmen, die irgendwelche Tinkturen gegen Marder anbieten.«

»Wird damit der Marder vergiftet?«

Er schüttelte den Kopf. »Man verteilt die Lösung auf dem Dachboden und der Marder wird durch den Geruch vertrieben. Es soll ganz einfach sein.«

Ein paar Tage später traf das Produkt ein. Ausgiebig studierten sie die Gebrauchsanweisung. Die einzelnen Bestandteile sollten vermischt werden. Dabei wurde ausdrücklich empfohlen, die beigefügten Handschuhe und den Mund-Nasen-Schutz zu verwenden, da sich sonst ein üblicher Geruch auf den Händen festsetzen würde. Dann sollte man das Gebräu auf dem Dachboden verteilen, möglichst an den Stellen, wo sich der Marder bevorzugt aufhalten würde.

»Und wo ist das?«, fragte sie ihren Mann.

»Woher soll ich das denn wissen!«, knurrte er und verschwand durch die Luke, »ich werde es großzügig überall verspritzen.«

In der darauffolgenden Nacht war es still, aber ihre Augen tränten, die Nase lief und der beißende Gestank ließ sie schwer atmen. Vorsichtig, damit sie ihren tief schlafenden Mann nicht weckte, schlich sie nach unten und legte sich im Wohnzimmer aufs Sofa.

Ein Blick in die Gebrauchsanweisung des Wundermittels belehrte sie, dass die Nächte auf dem Sofa Normalität würden. Die abschreckende Wirkung des Mittels hält 1 Jahr an. Herzlichen Glückwunsch, dachte sie, während sie das Klappbett im Wohnzimmer aufbaute.

»Guten Morgen, mein Schatz! Hast du gut geschlafen?«, wurde sie von ihrem Mann geneckt, »unser Untermieter hat wieder eine turbulente Party gefeiert.«

»Wahrscheinlich haben wir das Prinzip nicht richtig verstanden«, meinte sie sarkastisch, »der Marder bleibt im Haus und die

67

Menschen flüchten.«

Der Gärtner hatte eine Idee. »Die am Haus stehenden Bäume beziehungsweise deren Äste müssen entfernt werden, dann kommt der Marder nicht mehr hinein.«

»Aber der Marder *ist* im Haus. Wie kommt er dann raus?«

»Das schafft der!«

Sie war überaus skeptisch.

Einige Zeit und viele Lüftungsvorgänge später, kehrte sie an die Seite ihres Mannes zurück. Sie horchte angestrengt, aber sie hörte – nichts. Nach zwei weiteren Nächten gingen sie erleichtert davon aus, dass ihr Untermieter ausgezogen war. Dies bestätigte sich, als aus dem Nachbarhaus bis in den frühen Morgen die Heavy-Metal-Musik dröhnte.

Der Weisheit letzter Schluss

Es war ein herrlicher Sommertag. Sie saßen auf der Terrasse und lasen konzentriert die Zeitung. Der eine die Sonntagsausgabe, der andere die Kinderseite einer Illustrierten.

»Opa, warum sind alle alten weisen Männer doof?«, fragte der Jüngere.

»Wie kommst du denn darauf?«

»Das steht hier in der Zeitung.«

Sein Enkel hatte die Kinderseite längst verlassen und zeigte auf ein Foto. Jugendliche hielten ein großes Plakat hoch, auf dem in Krakelschrift dieser Satz stand.

»Typisch, demonstrieren können sie, aber keine Rechtschreibung. Natürlich meinen sie, alle alten *weißen* Männer sind doof. Weisheit und ›doof sein‹ sind ein Widerspruch in sich.«

Er ahnte schon die nächste Frage seines Enkels, auf den er so stolz war, weil er immer alles genau wissen wollte.

»Was ist Weisheit?« Große Kinderaugen schauten ihn erwartungsvoll an.

In dem Moment erschien seine Frau mit einer Gießkanne bewaffnet, um die Blumenkübel auf der Terrasse zu bewässern. Verflucht noch mal, dachte er, wie ließ sich dies erklären, zumal einem Zehnjährigen?

»Nun, das ist eine schwierige Frage, auf die es mehrere Antworten gibt.«

Dummkopf, schalt er sich innerlich, eine einzige würde schon reichen.

»Also«, er räusperte sich, »Weisheit ist, wenn man die wichtigen Dinge des Lebens richtig und in Zusammenhängen erkennt und danach sinnvoll handelt. Häufig stellt sich aber erst im Nachhinein heraus, ob Entscheidungen klug waren.«

Sein Enkel sah ihn verständnislos an. Hilfesuchend schaute er zu seiner Ehefrau, die ihm den Rücken zuwandte. Er kannte sie lange genug, um zu erkennen, wie aufmerksam und gespannt sie zuhörte.

»Vielleicht mache ich das mal an einem Beispiel deutlich«, er überlegte krampfhaft und nach einer längeren Denkpause sagte er dann doch eher impulsiv: »Es war sicherlich eine weise Entscheidung, deine Oma zu heiraten.«

Kaum hatte er es ausgesprochen, hätte er den Satz gern wieder zurückgeholt. Dies war nicht der Weisheit letzter Schluss. Seine Frau wandte sich um und nun hatte er zwei Zuhörer, die ihn erwartungsvoll ansahen.

»Warum?«, hakte sein Enkel nach.

Seine Frau lächelte ihn teils belustigt, teils mitleidig an.

Du meine Güte, könnte jetzt nicht mal ein Handy klingeln? Sonst passierte das doch dauernd. Aber alles blieb still.

»Als ich deine Oma kennenlernte, wusste ich natürlich nicht, ob sie die richtige Frau für mich war. Da war man halt verliebt und erst hinterher …«, er stockte, nein, so wurde das nichts. Er setzte noch einmal an. »Häufig erkennt man erst nach vielen Jahren, ob eine wichtige Entscheidung richtig war. Nun bin ich fast fünfzig Jahre mit deiner Oma verheiratet und jetzt weiß ich, dass ich weise gehandelt habe. Denn erst durch meine Lebenserfahrung und durch die vielen Jahre unseres Zusammenlebens«, und nun sprach er längst nicht mehr zu seinem Enkel, auch wenn er ihn anschaute, »ist mir klar geworden, ich habe den großartigsten und liebevollsten Menschen gewählt, verlässlich in guten und besonders auch in den

73

wenigen schlechten Zeiten.«

Seine Frau schniefte und seine Erfahrung sagte ihm, nun suchte sie nach einem Taschentuch. Automatisch glitt seine Hand in die Hosentasche und holte ein sauberes Tempo heraus. Diskret reichte er es ihr und sah dabei ihre feuchten Augen. Verdammt, wie lange hatte er ihr keine Liebeserklärung mehr gemacht.

Er räusperte sich. Es war Zeit, wieder auf festen Boden zu kommen, damit nicht auch seine Augen noch feucht wurden

»Du siehst also«, sagte er an seinen Enkel gewandt, »wie wichtig es ist, die Rechtschreibung zu beherrschen. In diesem Fall macht der kleine Buchstabe *s* einen großen Unterschied in der Bedeutung eines Wortes aus. Alte weise Männer mit einem *s* meint etwas ganz anderes als alte weiße Männer mit einem *ß*.«

Sein Enkel nickte altklug und schaute wieder auf das Foto. »Sind denn alle alten weißen Männer doof?«

»Auch das stimmt so nicht. Sicherlich kann man einige alte Männer so bezeichnen«, spontan fielen ihm Namen sowohl im privaten Umfeld als auch in der Politik ein, »aber es ist nicht

74

weise, alle, die zu einer Gruppe von Menschen gehören, pauschal zu bewerten. Zum Beispiel sind doch nicht alle deine Klassenkameraden doof.«

Sein Enkel dachte einen Augenblick nach und sagte dann: »Nein, Ole und Tim sind ganz okay.«

»Siehst du«, er entspannte sich ein wenig.

»Opa, ab wann ist man alt?«

Die Anspannung war sofort wieder da. Mit über siebzig Jahren, überlegte er, auch wenn er sich nicht so fühlte. Aber jetzt würde er gern weiterlesen. Er holte tief Luft, da erlöste ihn seine Frau.

»Ich bräuchte jemanden in der Küche, der mir hilft, den Kuchenteig aus der Schüssel zu lecken. Hätte nicht einer von euch …«

»Ich«, schrie sein Enkel und sprang auf.

Schmunzelnd ergriff er die Zeitung und freute sich, als weißer Mann zumindest einmal im Leben weise gehandelt zu haben.

Die inneren Werte

Es war ihr siebzigster Geburtstag und sie hielt ein von ihren Kindern hübsch eingepacktes Paket in den Händen.

»Wir hatten doch abgemacht, dass ihr mir nichts schenken sollt. Ich habe doch alles!«, protestierte sie.

»Das kannst du aber gut gebrauchen.«

Komplizenhafte Blicke wurden getauscht.

Vorsichtig löste sie die große Schleife. Es war eine von denen, die durch einen feinen Draht verstärkt waren. Die würde sie wiederverwenden. Hoffentlich handelte es sich bei dem Geschenk nicht um ein Dekostück. Ihre Tochter hatte da so ihren eigenen Geschmack, aber der war nicht der ihre. Eine Zeit lang würde sie dann das hässliche Ding aufstellen müssen, nur um sie nicht zu kränken. Sie wappnete sich innerlich und lächelte sich schon einmal ein.

»Das habt ihr aber nett verpackt. So schönes Papier.«

Behutsam versuchte sie die Klebestreifen abzulösen, damit sie es wieder nutzen konnte.

Demnächst wurde ihre beste Freundin siebzig. Ihr fehlte zwar eine passende Idee und sie hatten verabredet, sich nichts zu schenken, aber das Papier hatte sie jetzt.

Ihre Kinder wurden ungeduldig.

»Nun lass doch das blöde Papier«, meinte ihr Sohn.

Sie schauten sie dabei so erwartungsvoll an, als bekämen sie selbst etwas geschenkt. Erinnerungen an viele vergangene Weihnachtsfeste kamen in ihr hoch, wie die Kinder mit großen Augen nach ihren Päckchen geschielt hatten.

Ein Null-acht-fünfzehn-Schuhkarton kam zum Vorschein.

»Na, da bin ich aber gespannt«, sagte sie, das Spiel mitspielend. »Mal sehen, was ihr da versteckt habt.«

Gleich würde ihr eine Witzfigur entgegenspringen oder die Enkelkinder hatten etwas getöpfert. Vorsichtig öffnete sie den Deckel und schaute – auf ein Paar Hausschuhe.

Spontan wollte sie ausrufen: »Was soll ich denn damit? Ich habe doch welche!«, hielt dann aber inne.

»Es ist genau deine Größe. Ich habe sie

neulich heimlich an deine alten Filzpantoffeln gehalten«, meinte ihre Tochter stolz, »und zur Not kannst du sie natürlich tauschen.«

»Und bequem sollen sie auch sein«, assistierte die Schwiegertochter, »die Verkäuferin hat gesagt, die werden gern genommen. Gerade von älteren Damen.«

Für den letzten Satz bekam sie einen mahnenden Blick ihrer Schwägerin.

Sie nahm die Schuhe mit spitzen Fingern aus dem Karton. Ein auffallendes bunt-grelles Muster leuchtete ihr entgegen.

»Wenn ihr meint«, sagte sie etwas zweifelnd, um dann schnell nachzuschieben: »Das ist wirklich eine gute Idee. Ich glaube, die alten Hausschuhe habe ich schon recht lange.«

»Die hast du schon getragen, als wir noch klein waren, nicht wahr?«, fragte ihre Tochter und blickte zu ihrem Bruder, um von ihm Schützenhilfe zu bekommen.

»Weiß ich nicht«, fiel er ihr in den Rücken, »gibt es jetzt endlich was zu essen?«

Die Gäste waren gegangen. Der Geburtstag war harmonisch abgelaufen. Sie hatten häufig gelacht und über Gott und die Welt miteinander geredet. Was hatte sie für eine wunderbare Familie. Alles war wieder aufgeräumt, der Geschirrspüler bewältigte die vielen schmutzigen Teller und Tassen. Der Ausziehtisch hatte seine kleine Ursprungsform wieder angenommen.

Und jetzt schmerzten die Füße. Auf dem Weg ins Schlafzimmer, um die Filzpantoffeln anzuziehen, fiel ihr das Geschenk ein. Sie würde die etwas schonen – aber nein, das war Unsinn. Tapfer zog sie die neuen an. Sie hatten sogar an einigen Stellen Glitzersteinchen. Zum Glück würde sie hier keiner damit sehen.

»Passen wie angegossen«, spielerisch drehte sie sich vor ihrem Mann im Kreis.

»Hattest du das Kleid nicht vorhin schon an?« Ihr Mann betrachtete sie nachdenklich.

Sie schüttelte etwas genervt den Kopf: »Schau mal, die neuen Schuhe!«

»Ach so.« Das Interesse hielt sich in Grenzen. »Jetzt muss ich aber erst einmal die Zeitung lesen. Da bin ich den ganzen Tag noch nicht zu gekommen«, meinte er und zog sich in seinen Sessel zurück.

Tapfer trottete sie ein paar Schritte auf und ab. Bequem war was anderes. Vorne waren sie eindeutig zu eng und hinten scheuerten sie schon. Sie seufzte. War es Zufall oder eine schicksalhafte Fügung, aber vor ihr standen die Filzpantoffeln. Erst jetzt fiel ihr auf, wie alt sie waren, grau und unscheinbar. Von der ursprünglichen Farbe war nichts mehr zu entdecken. Auf der rechten Seite fehlte ein kleiner Zierbommel, der linke hielt tapfer die Stellung. Vorsichtig, als wären sie zerbrechlich, nahm sie die Schuhe hoch. Wehmütig schaute sie die Gefährten vieler Jahre an. Was hatten die alles miterlebt und immer hatten sie ihr Halt gegeben. Nein, heute an ihrem siebzigsten Geburtstag würde sie die nicht entsorgen. Es erschien ihr wie ein Verrat. Mühsam zog sie die neuen Hausschuhe aus und schlüpfte in die alten. Mit einem wohligen Seufzer entspannte sie sich. Ihre Füße breiteten sich aus und waren wieder zu Hause angekommen.

Sie war grundsätzlich für Veränderungen, aber die vielen Lebensjahre hatten sie gelehrt, dass man Altes gegen Neues nur austauschte, wenn es deutlich besser war. So nahm sie die bunten Schuhe hoch und legte sie in einen halb gefüllten großen Karton. Im Sozial-Kauf-

83

haus würde sich jemand finden lassen, der sie gern tragen würde.

Die neuen Schuhe waren zwar äußerlich frisch und ansehnlich, aber auch bei Hausschuhen kam es auf die inneren Werte an.

Der Einkaufszettel

Die Liste war wieder einmal lang. Wie konnte ein Rentnerpaar in einer Woche nur solche Mengen verzehren? Das fragte sie sich jedes Mal und schon waren Küche und Keller erneut leer. Mit dem Einkaufszettel in der Hand schob sie ihren Wagen zu den Gemüseregalen. Ihre Mutter hatte immer gesagt: »Wer einen Zettel braucht, ist alt.« Sie zuckte innerlich mit den Schultern. Besser man gestand sich ein, älter zu werden, als die Hälfte zu vergessen. Sie griff gezielt zu den Sachen und schaute dabei auf ihre Liste: Kartoffeln, Tomaten, Kohlrabi und Mandarinen wanderten in den Einkaufswagen. Sie blieb vor den Äpfeln stehen. Sie wollte schon zugreifen, aber nein, der Vorrat reichte noch.

Zügig marschierte sie weiter zu den Milchprodukten. Auf dem Weg dorthin fiel ihr ein, dass sie unbedingt Knäckebrot brauchten. Sie parkte ihren Wagen in einem Quergang hinter einem großen Kartonberg mit nicht ausgepackten Waren. Befreit eilte sie den langen Gang an den verschiedenen Müsli- und Cornflakes-

Sorten vorbei. Automatisch bückte sie sich im letzten Regal, denn dort tief unten lagen die günstigen Pakete mit Knäckebrot.

Als sie sich wieder aufrichtete, fiel ihr Blick auf die Truhe mit dem tiefgekühlten Gemüse. *Aktion* stand dort auffällig in Rot und sie erkannte, dass ihre Lieblingssorte heruntergesetzt war. Das konnte sie sich nicht entgehen lassen! Zwar hatte sie jetzt die Kühltasche nicht dabei, aber so schnell würde das Gemüse nicht auftauen. Schwungvoll schob sie die gläserne Abdeckung beiseite und wollte nach der begehrten Ware greifen. Doch die lag am hinteren Rand und ihre Arme waren kurz, zu kurz. Sie streckte sich, im linken Arm das Knäckebrot und mit dem rechten tauchte sie tief in den Kühlraum ein. Aber es langte nicht. Sie legte das Brot auf den benachbarten Kühlbereich und stützte sich mit links ab, um sich weiter in die Truhe hineinzuziehen. Es war empfindlich kalt. Fast hing sie mit den Beinen schon in der Luft. Aber wenige Zentimeter fehlten zum Gemüseglück.

Sie gab auf, schob den Deckel der Truhe wieder zu und suchte einen Menschen mit längeren Armen. Eine ältere Dame mit einem Rollator schlurfte vorbei. Sonst war niemand zu sehen. Sie ging in den Hauptgang und da stand er, jung, groß, mit einer umgedrehten Baseballkappe auf dem Kopf, am Regal mit den Keksen und Snacks.

»Hallo?«

Er reagierte nicht. Sie überlegte, ob sie ihn siezen oder duzen sollte. Seitdem sie neulich einen jungen Mann als Abiturienten eingeschätzt hatte, der aber fast dreißig war, hielt sie sich mit ihren Äußerungen zurück. Irgendwie sahen die alle jung aus.

Sie versuchte es erneut, diesmal etwas lauter und energischer: »Morgen! Können …« Weiter kam sie nicht, der junge Mann blickte auf, lächelte und nahm seine Ohrwürmer heraus.

»Moin«, sagte er freundlich mit einer tiefen Stimme.

»Ich bräuchte Hilfe.« Innerlich lobte sie sich für die unverfängliche Ansprache. Gleichzeitig ärgerte sie sich über ihre Bedenken. Neulich war sie in einem Restaurant von einem jungen Kellner geduzt worden. Sie hatte zunächst vermutet, er meine jemand anderen. Von ihren siebzig Jahren sah man ihr mindestens sechzig an, aber nein, er sprach mit ihr.

Sie drehte sich in Richtung der Gefriertruhen um und gab dem jungen Mann durch ein Winken zu verstehen, ihr zu folgen. Zum Glück kannte die Körpersprache keine Du/Sie-Problematik. Er überreichte ihr die gewünschte Ware mit einem warmen Lächeln und den Worten: »Brauchen Sie noch etwas?«

Die tiefgefrorene Gemüsepackung klebte an ihren Fingern, die anfingen, schon weh zu tun. Schnell ab damit in den Einkaufswagen. *Aber wo stand der?* Hier in der Nähe hatte sie ihn irgendwo abgestellt. Ein Lächeln huschte über ihr Gesicht und zielstrebig eilte sie auf ihn zu. Da war er ja, Kartoffeln, Kohlrabi und Äpfel. Sie wollte die Packung hineinlegen, als sie stutzte. Äpfel hatte sie gar nicht eingekauft – oder doch?

Da ertönte eine bärbeißige Stimme neben ihr: »Junge Frau, dies ist mein Wagen!« Ein Mann schaute sie herausfordernd an.

Nach einer kurzen Entschuldigung begab sich weiter auf die Suche. Sie eilte durch sämtlich Gänge, sah in alle Querbereiche. Leichte

Panik kam auf. Um ihren steif gefrorenen Fingern etwas Erholung zu gönnen, wickelte sie das tiefgefrorene Gemüse in einen Zipfel ihres Pullovers.

Du musst es systematisch angehen! Wo warst du, bevor du das Gemüse aus der Truhe geholt hast? Sie marschierte zum Knäckebrot-Regal. Genau, jetzt rollte sie die Tour von hinten auf. Das konnte doch nicht wahr sein, so groß war der Supermarkt nicht, und dann die Erleichterung: Da stand er im Quergang neben den riesigen Kartons, die ihn abgeschirmt hatten.

Zügig arbeitete sie ihren Einkaufszettel ab. Zuhause hatte ihr Mann den Tisch schon liebevoll gedeckt. Sie pflegten gegen Mittag immer gemütlich in Ruhe zu essen. Als Frühaufsteherin war es für sie das zweite, für ihn das erste Frühstück.

»Hast du alles bekommen?«, fragte ihr Mann routinemäßig, während sie zusammen die Sachen auspackten. Sie nickte.

»Mir ist aufgefallen, wir haben gar kein Knäckebrot mehr. Ich hatte vergessen, es dir zu sagen. Hast du zufällig daran gedacht?«

Sie strahlte ihn an: »Es stand zwar nicht auf dem Einkaufszettel, aber natürlich habe ich welches gekauft.«

Er nahm die letzten Lebensmittel aus dem Einkaufskorb. »Und *wo ist es*?«

»Ich bin mir ganz sicher«, sie wühlte verzweifelt alle leeren Taschen einmal durch, dann fing sie an zu lachen und erzählte ihm, *wo* das Knäckebrot lag.

Die Übersetzungshilfe

Die Morgensonne sorgte für Glitzereffekte auf dem Fischteich und wärmte die beiden Männer. Sie schwiegen sich an, wie unter Anglern üblich, aber es kam keine Ruhe auf. Irgendetwas hat er auf dem Herzen, dachte er. Eine unausgesprochene Anspannung lag in der Luft, die er körperlich spürte. Leider gab es kaum gemeinsame Angelausflüge mehr, seitdem sein Enkel die Wochenendnächte zum Tag machte.

Traditionell frühstückten sie draußen an einem der Tische des Angelvereins und bedienten sich aus dem gut bestückten Picknickkorb, den seine Frau Ellen vorbereitet hatte. Sie waren allein, entweder angelten die anderen noch oder sie waren für ein Sonntagsfrühstück mit ihren Familien nach Hause gefahren. Das Gespräch plätscherte dahin, wie würde sich das Wetter weiterentwickeln, was gab es Neues in der Schule und andere belanglose Themen. Dann überwog seine Neugier.

»Nun spuck es schon aus, mien Jung«, sagte er mit dem freundlichsten Lächeln, das sein

Gesicht und seine innere Unruhe zuließen, »was ist los?«

»Ach Frank«, ein tiefer Seufzer seines Enkels bestätigte seine Befürchtungen. Da seine Tochter und sein Schwiegersohn sich im Rahmen einer modernen Erziehung mit dem Vornamen ansprechen ließen, war er namentlich nie zum Opa geworden.

»Ich hab da«, sein Enkel bekam einen roten Kopf, »jemand kennengelernt … und nun«, er rang nach Worten, »und jetzt will sie von mir … und ich weiß gar nicht, wie man das macht?« Hilfesuchend sah er seinen Großvater an.

Ach du meine Güte! Das war wieder einmal typisch. Es war doch die Aufgabe des Vaters, den Sohn aufzuklären! Seine Tochter hatte einen besseren Mann verdient. Er legte sich einige Einleitungsworte zurecht und hörte dabei nur mechanisch seinem Enkel zu.

»Jan meinte, du kannst das bestimmt, du bist doch schon so alt.«

Das konnte nicht wahr sein! Wut stieg in ihm auf. Da hatte sein Schwiegersohn diese heikle Aufgabe bewusst an ihn delegiert.

»Ich meine, du kannst doch schreiben«, die Stimme seines Enkels klang verzweifelt.

»Natürlich kann ich schreiben«, murrte er und setzte erbost hinzu: »Trotz meines hohen Alters.«

Wobei er sich selbst mit über siebzig Jahren überhaupt nicht für alt hielt.

Sein Enkelsohn zuckte zusammen und sagte kleinlaut, was sonst nicht so seine Art war: »Es geht um Briefe, so richtig mit der Hand geschrieben, auf Papier.«

»Ach so«, er hatte keine Ahnung, welches Problem seinen Enkel bedrückte, aber um Sex schien es nicht zu gehen. Seine Stimme wurde wieder weich: »Nun erzähl schon, wo drückt der Schuh!«

»Also, die Marie-Luise will unbedingt, dass ich ihr so einen Liebesbrief schicke, und ich weiß nicht, wie ich das machen soll. Ihre Freundinnen haben alle einen von ihrem Lover bekommen.«

»Geht das heute nicht per Twitter, Whats-App oder Mail? Bestimmt gibt es da doch auch diese runden Kreise dafür«, sein Enkel schaute ihn fragend an, »na, du weißt schon, diese

Symbole, Smileys oder wie die Dinger heißen.«

»Ach, du meinst die Emojis?«

»Ja, genau die.« Seine Frau hatte eine ausgedruckte Liste der Bildchen mit den jeweiligen Übersetzungen neben dem Computer liegen, um die Mails ihrer Kinder und Enkel zu verstehen.

»Ja, das habe ich natürlich schon gemacht, aber das reicht ihr nicht. Sie will unbedingt einen handgeschriebenen Brief per Post bekommen. Bitte Frank, hast du so etwas früher mal gemacht?«

Seine Gedanken wanderten in die Vergangenheit und er schmunzelte.

»Ich habe deiner Oma den kleinsten Liebesbrief der Welt geschickt«, sagte er stolz.

»Wie sieht der denn aus?«

»Er befand sich in einer Streichholzschachtel. Vielleicht hat sie ihn noch und ich kann ihn dir zeigen.«

Plötzlich hatte er ein mulmiges Gefühl im Bauch. Womöglich hatte sie den Brief längst weggeschmissen oder erinnerte sich nicht mehr. Eine leichte, vorauseilende Enttäuschung breitete sich aus.

Ellen fragte mit ironischem Ton nach: »Was willst du denn damit? Wandelst du auf Freiersfüßen?«

»Wir benötigen ihn lediglich als Anschauungsobjekt«, beruhigte er seine Frau. Ihr Enkel stand mit rotem Kopf neben ihnen.

Schon nach kurzer Zeit übergab sie ihm die kleine Schachtel. »Aber nur von außen ansehen«, mahnte sie mit einem Lächeln, »das Briefgeheimnis sollte gewahrt bleiben.«

Aus einer beklebten Streichholzschachtel, die wie ein kleines Päckchen mit dem Namen und der Adresse von Ellen versehen war, schaute aus einem winzigen Loch an der Seite ein schmaler, handbeschriebener Papierstreifen. Er ließ sich herausziehen und auf ihm standen die Worte, die Frank voller Liebe einst geschrieben hatte.

Er öffnete die Schachtel und aufgerollt lag der kleinste Liebesbrief der Welt vor ihnen.

»Das ist ja voll krass!«, staunte sein Enkel.

»Wäre das nicht auch ein Idee für deine Marie-Luise? Damit kann sie sicherlich vor ihren Freundinnen punkten.«

Sein Enkel war begeistert. »Hast du eine

99

Streichholzschachtel und Papier? Ich schreib den Brief dann schnell ab.«

»Das kommt überhaupt nicht in Frage. Der Inhalt des Briefes geht nur Ellen und mich etwas an und außerdem musst du ohnehin deine eigenen Worte finden.«

Er holte vom Schreibtisch einen Block und Kugelschreiber. Vorsichtshalber nahm er die kleine Box mit.

»Ich suche jetzt eine Streichholzschachtel, eine Schere und Klebstoff. In der Zeit kannst du dir ja den Text einfallen lassen.«

Als er nach einer Viertelstunde wiederkam, saß sein Enkel mit gerunzelter Stirn vor einem leeren Blatt.

»Mir fällt überhaupt nichts ein«, jammerte er.

»Fühlst du denn nichts, wenn du an sie denkst, oder kannst du es nicht in Worte fassen?«, fragte er behutsam nach.

»Doch, ich fühle …«, sein Enkel stockte und wurde wieder verlegen, »aber ich kann das doch nicht hinschreiben oder wie soll ich …« Erneut verstummte er.

Da kam ihm eine Idee. Er holte die Übersetzungsliste mit den Emojis. Was in der einen Richtung eine Hilfe war, könnte auch andersherum nützlich sein. Sein Enkel schaute auf die Liste, grinste, murmelte etwas von »die entscheidenden sind nicht drauf«, benutzte sein Smartphone und fing dann voller Eifer an zu schreiben.

Schließlich strahlte er über das vollbrachte Werk.

»Ich glaub, das haut die Marie um und ... Frank, kann ich dich noch was fragen?«

»Na klar, mien Jung«, sagte er gönnerhaft und zwinkerte ihm zu. »Wenn du was zur Verhütung wissen willst, nur zu.«

»Aber Frank, das ist doch old-school. Das weiß doch jeder.«

Er war sich nicht so sicher, ob er damals im Alter seines Enkels alles so genau *gewusst* hatte. Mit etwas belegter Stimme sagte er: »Also, was liegt an?«

»Ach, ich versteh die Frauen manchmal einfach nicht. Ist dir das auch schon mal so gegangen? Mir fällt jetzt aktuell kein Beispiel ein, aber wenn ich mal wieder so eine Übersetzungshilfe brauche, kann ich dann zu dir

101

kommen?«

»Na klar, mien Jung«, sagte er mit fester Stimme, obwohl er sich innerlich nicht so sicher war. Trotz seiner über siebzigjährigen Lebenserfahrung hatte er dieses Problem nicht endgültig gelöst.

Der Totengrund

Totenstille umgab sie, als sie sich auf die Bank setzte. Sie genoss die Einsamkeit, die nur so lange andauern würde, bis die ersten Touristen kamen. Dann würde der Platz mit dem herrlichen Ausblick seine mystische Ausstrahlung verlieren.

Es dämmerte und die letzten Frühnebel hingen zwischen den Wacholderbüschen. Die Heide trug ihr grünes Frühsommerkleid. Ihr Körper entspannte sich, sie lauschte in die Ruhe der Umgebung hinein, nahm die ersten Vogelstimmen wahr und ließ ihre Gedanken fließen.

So mit sich im Reinen verging eine unbestimmte Weile, bis sie ihren Blickwinkel erweiterte und erschrak. Auf einer etwa fünf Meter entfernten Bank saß ein Mann. Sie stieß instinktiv einen kleinen Schreckensschrei aus, der in der Stille wie ein Trompetenstoß klang.

»Oh, ich habe Sie überhaupt nicht bemerkt«, entschuldigte sie sich und suchte nach Worten für eine Begründung, »die Vogelstimmen – es ist faszinierend!«

Der Mann drehte sich zu ihr um und sie sah in ein Greisengesicht. »Das ist der Buchfink und gerade hat der Star mit seinem Lied begonnen«, sagte er mit einer tiefen Bassstimme. »Dann müsste es jetzt etwa halb sechs sein.«

Sie schaute auf ihre Uhr. »Das stimmt«, sagte sie erstaunt.

Der Alte nickte. »Die Vögel irren sich nicht, junge Frau.«

Sie hasste es, so angesprochen zu werden.

»Aber *Sie* irren sich, denn ich bin keine junge Frau mehr«, entgegnete sie bissig.

Der alte Mann erwiderte nichts und so schwieg sie. Innerlich haderte sie mit sich. Er war doch so freundlich gewesen und sie hatte zickig reagiert. Sie traute sich nicht mehr, das Schweigen zu durchbrechen, und allmählich übertrug sich wieder die entspannende Wirkung der Landschaft.

»Nach meiner Lebenserfahrung kann man mit Menschen, mit denen man gut schweigen kann, auch gut reden«, meldete sich der Greis zurück, »und daher frage ich Sie: Wie würden Sie vom Alter her einen Mann mit Mitte vierzig bezeichnen?«

»Na, das ist ein junger Mann!«

Er nickte mit einem Lächeln. »Eben, ich schätze, Sie sind etwa zwanzig Jahre älter, oder?«

»Vielen Dank für die Blumen«, lachte sie, »aber ich bin siebzig.«

»Und ich 95, *junge Frau*«, entgegnete er und auf seinem Gesicht erschien ein spitzbübisches Grinsen.

»Touché!«, und mit einem erleichterten Seufzer fügte sie hinzu: »Es tut mir leid, ich habe vorhin …«

Mit einer wegwischenden Geste unterbrach er sie. »Der Vorteil des Älterwerdens ist die Narrenfreiheit. Sie sind auf dem richtigen Weg.«

Sie kicherte in sich hinein. »Ich hoffe, meine Kinder und Enkel empfinden mich nicht als närrische Alte.«

Der Mann schüttelte den Kopf und begann zu dozieren: »Die Narren hatten früher an den Fürstenhöfen eine wichtige Funktion. Zum einen durch närrisches Treiben zu unterhalten, aber auch unbequeme Wahrheiten auszusprechen, frei von gesellschaftlichen Zwängen.«

»Ach so, Sie meinen also, sich närrisch verhalten und die Narrenfreiheit sind die zwei Seiten einer Medaille.«

»Genau. Wir als alte Generation haben nicht nur das Recht, sondern vielleicht sogar die Pflicht, die Stimme zu erheben. Wir brauchen keine Rücksicht zu nehmen auf unsere Karriere oder auf diplomatische Verwicklungen.«

Nickend sagte sie: »Wie oft habe ich mir im Berufsalltag im letzten Moment auf die Zunge gebissen und manches heruntergeschluckt, was ich gern ausgesprochen hätte. Aber ich wollte meinen Job nicht verlieren. Und jetzt«, sie überlegte, »vielleicht habe ich es verlernt, frei meine Meinung zu sagen. Aber wird man auf uns Alte hören? Wird die jüngere Generation nicht alles als närrisch abtun?«

»Die Jugend wird es häufig so sehen, da sie logischerweise noch nicht den Überblick haben kann. Als junger Mensch erlebt man ja alles zum ersten Mal. Rückblickend überschaue ich jetzt vier Generationen und vieles wiederholt sich.«

»Sie meinen, das ewig Gestrige könnte

durchaus die Zukunft von morgen sein? Aber muss nicht jede Generation ihre eigenen Fehler machen?«

»Wahrscheinlich ist das so. Aber müssen es immer die gleichen Fehler sein? Die mittlere Generation muss erkennen, welche Äußerungen der Alten närrisch und welche zumindest bedenkenswert sind, und ihr Handeln daran orientieren. Dann könnte sich etwas ändern.«

Das beredete Schweigen trat wieder zwischen sie. Schließlich sagte sie: »Ich danke Ihnen, ich werde meine Narrenfreiheit zukünftig nutzen.«

Mühsam stützte er sich beim Aufstehen ab. Sie bemerkte, obwohl er es zu verbergen suchte, wie er seinen Körper unter Schmerzen aus der gekrümmten Haltung des Sitzens erst wieder für den aufrechten Gang sortieren musste.

»Nun will ich Ihre innere Einkehr nicht weiter stören. Die Rehe leisten Ihnen Gesellschaft.« Er zeigte in das entgegengesetzte Ende des Tales. »Es ist Zeit für mich zu gehen.«

Sie schaute in die angegebene Richtung, genoss die ersten wärmenden Sonnenstrahlen und registrierte die Rehe. Als sie sich wieder umblickte, war der Alte schon verschwunden. Er hatte den schmalen und abschüssigen Pfad hinab in den Totengrund gewählt.

Das Weihnachtspuzzle

Weihnachten stand vor der Tür und außerdem ein ungebetener Gast. Ich hatte mich auf ein harmonisches Fest gefreut, zumal ich mit Frauchen und Herrchen in Menschenjahren gleichgezogen hatte. Wir waren alle drei über siebzig.

»Das wird unser Besuch sein«, Frauchen eilte zur Tür und ich drängelte mich an ihr vorbei. Mein scharfes Gehör hatte nicht getrogen und vor uns stand nicht nur ihre beste Freundin, sondern auch ein seltsames Hundewesen. Ich hege als Welsh Corgi keinerlei Vorurteile, aber dieses Exemplar würde eindeutig keinen Schönheitswettbewerb gewinnen.

Sie war etwa um ein Drittel kleiner als ich. Ihr überwiegend zottiges helles Fell hatte braune Flecken, das Schlappohr war schwarz, das andere stehende Ohr weiß. Der lange Schwanz sah aus wie ein Handfeger, der von ihr ständig hin und her geschwenkt wurde. Mit ihren ausdrucksvollen dunklen Knopfaugen beäugte sie mich ängstlich.

»Das ist Wanda«, erläuterte die Freundin,

»und ich bin euch so dankbar, dass ihr sie über Heiligabend nehmt.«

»Ach, ist die süß!«, säuselte mein Frauchen. Zum ersten Mal zweifelte ich an ihrem Geschmack, aber kleine, junge Hunde scheinen Menschen immer in Entzücken zu versetzen.

Während ich damit beschäftigt war, die Dame etwas näher unter die Nase zu nehmen, fuhr die Freundin fort: »Wer konnte ahnen, dass Maximiliane eine Hundeallergie hat.«

»Wer ist denn Maximiliane?«, brummte Herrchen, der inzwischen dazugekommen war. Dafür erntete er von beiden Frauen missbilligende Blicke.

»Das ist doch ihr jüngstes Enkelkind«, erklärte Frauchen und wandte sich dann an ihre Freundin. »Müssen wir denn irgendetwas Besonderes beachten?«

»Sie bekommt bitte nur ihr Spezialfutter«, die Freundin holte aus einer Tasche eine große und eine kleine Box, »und auch keine anderen Leckerlis! Aber sie mag ohnehin nichts anderes. Wanda ist sehr brav und natürlich stubenrein.«

»Wie alt ist sie denn?«, fragte mein Herrchen.

Wanda hatte sich inzwischen aus ihrer Erstarrung gelöst und hopste in wilden Sprüngen um mich herum.

»Ganz genau wissen wir das nicht, wahrscheinlich sieben Monate. Wir haben sie aus dem Tierheim. Ich hol nur noch schnell ihr Körbchen.«

Sie eilte zu ihrem Auto, gefolgt von Frauchen. Herrchen versorgte uns erst einmal mit meinen Leckerlis, die wir beide mit großem Appetit verspeisten. So weit zur Ansage »Wanda mag nichts anderes«.

Die Hündin forderte mich zum Spielen auf und so tobten wir durch meinen großen Garten. Ich zeigte ihr die verschiedenen Buschbereiche, den Holzstapel, den Frauchen früher einmal für unser Agility-Training genutzt hatte, den Teich mit den Kois und den langen Zaun. Zur Straße hin ist dies ein neuralgischer Gartenabschnitt, der intensiver Bewachung bedarf.

»Morgen früh hole ich Wanda wieder ab«, die Freundin stieg in ihr Auto, »und für Notfälle hast du ja meine Telefonnummer.«

»Wir kommen schon klar und Henry

scheint sie ja sehr zu mögen.«

Das war nun reichlich übertrieben, dachte ich, aber was blieb mir anderes übrig? Wir Rüden sind nun mal so veranlagt, Hündinnen zumindest zu respektieren, und so tanzte mir Wanda zwar nicht gerade auf, aber um meine Nase herum.

Im Haus galt es nun einen guten Platz für Wandas Schlafstätte zu finden. Mitten im Raum stand ein Biedermeier Sofa für Hunde. Frauchen schaute ratlos in die Runde. Überall hatte sie aufwendig weihnachtlich dekoriert, so dass kein Eckchen mehr frei war.

Herrchen machte einen Vorschlag: »Wir könnten das Ding doch unter die Klappe des Sekretärs stellen, da stört es nicht weiter und es ist ja nur für eine Nacht.«

»Eine gute Idee«, lobte Frauchen, »und da sind die Hunde nah beieinander.«

Auch das noch, dachte ich und legte mich schon einmal vorsorglich so breit wie möglich in mein Körbchen. Wanda machte einen kläglichen Versuch, zu mir zu kommen, deutete aber meine Körpersprache richtig. So legte sie sich auf den Teppich und strahlte für kurze

116

Zeit Ruhe aus.

Während Herrchen sein Arbeitszimmer aufsuchte und Frauchen in der Küche verschwand, fing Wanda an, das Wohn-Ess-Zimmer zu erkunden. Natürlich reizte sie der große, im Erker stehende, von Frauchen liebevoll geschmückte Weihnachtsbaum.

In mir wurden Erinnerungen wach. Ich war in etwa so alt wie Wanda. Es war kurz vor meinem ersten Weihnachtsfest und zum ersten Mal in meinem noch jungen Leben war ich in einem Hotel. Trotz der großen Aufregung durch die vielen fremden Menschen, die neuen Gerüche und das ungewohnte Zimmer hatte ich erschöpft eine gute Nacht verbracht. Natürlich war ich schon seit längerer Zeit stubenrein und wusste bereits so im Großen und Ganzen, wie sich ein braver Hund zu benehmen hatte.

Morgens durfte ich frei durch den Hotelflur laufen. Herrchen hatte sich gegenüber Frauchen durchgesetzt.

»Das klappt doch wunderbar. Hier kann nichts passieren«, hörte ich ihn sagen. Ich fetzte hin und her, was für ein Spaß. Dann stiegen

117

wir in einen Aufzug und als der sich öffnete, gelangten wir in eine große Halle, in der die ersten gut gelaunten Menschen den Düften eines Frühstücksbuffets folgten.

Ich spürte nun doch ein hündisches, natürliches Verlangen. Meine Blase drückte empfindlich. Aber die Lösung war in Sicht. In der Mitte des Raumes stand eine große, glitzernde Tanne. Mit großen Sprüngen eilte ich auf sie zu. Hinter mir, erstaunlich schnell, lief Frauchen. Ob sie auch mal dringend musste? Endlich hatte ich den Baum erreicht und wollte gerade … – da riss mich Frauchen an den Hinterbeinen hoch. Erschrocken ließ ich von meinem Vorhaben ab. Empörte Blicke der anderen Gäste trafen uns: Was machte die Frau da mit dem süßen Welpen?!

Draußen durfte ich dann ganz in Ruhe mein Geschäft erledigen und hatte wieder etwas gelernt: Für die Menschen scheint Baum nicht gleich Baum zu sein.

Nun beobachtete ich gespannt, wie Wanda interessiert an den vielen Dekorationsanhängern schnüffelte, um dann mit ihrem langen, zottigen Schwanz etliche Glöckchen zum Klingen und Engel zum Schwingen zu bringen. Die ersten Holzfiguren hielten diesem Ansturm nicht stand und fielen herunter. Wanda knabberte an ihnen herum, aber sie schienen nicht sonderlich zu schmecken, als sie die höher hängenden Schokoladenkringel entdeckte. Sie sprang an dem Baum hoch, bekam einen Kringel zu fassen und versuchte ihn herunterzureißen. Der Tannenbaum schwankte etwas, konnte seine Position aber behaupten. Allerdings löste sich nun eine wunderschöne, handbemalte gläserne Christbaumkugel und zersprang auf dem Fliesenboden des Esszimmers in tausend Scherben.

Wanda floh unter einen Sessel. Frauchen war von dieser vorgezogenen Bescherung nicht begeistert. Gerade hatte ich mich aus meinen Körbchen gewagt, als sie mich auch schon resolut wieder hineinbeorderte. Nachdem Frauchen alle Scherben entsorgt, die anderen Schokoladenkringel vom Baum entfernt sowie weiteren tiefer hängenden Christbaumschmuck höher gehängt hatte, musterte sie genervt ihren Weihnachtsbaum. Die obere Hälfte glitzerte voll beladen, während die untere das natürliche Tannenbaumgrün repräsentierte.

»Sollten wir nicht, bevor es vollkommen dunkel wird, noch mit den Hunden Gassi gehen?«, schlug Herrchen vor und so spazierten wir zu viert in Richtung Wald. Wanda musste natürlich an eine lange Schleppleine, während ich mich meistens an die menschlichen Regeln halte, es sei denn … aber das ist eine andere Geschichte.

Auf unserem Spaziergang kamen wir an einem Grundstück vorbei, dass einem großen, schwarzen Hund namens Sixtus gehört. Ein arroganter Kerl, der sich meist wie ein Macho aufführt. Bisher war immer ein stabiler Zaun zwischen uns gewesen und so konnten wir wunderbar kläffend daran entlanglaufen. Ich fühlte mich dann groß und stark und man hatte gleich ein bisschen Bewegung. Aber heute, als wir uns gerade wieder so schön gegenseitig die Meinung zubellten, war es anders. Der Zaun hörte plötzlich auf, denn das Tor war offen, und so standen wir uns direkt von Schnauze zu Schnauze gegenüber.

Was macht man als intelligenter Hund? Synchron drehten wir ab, er nach links und ich nach rechts, so als wäre nichts geschehen. Ich roch, dass Frauchen einen starken Adrenalinstoß bekommen hatte, aber warum regte sie sich auch auf!

Allerdings nutzte nun Wanda Frauchens Unachtsamkeit sowie die Länge der Schleppleine aus und preschte auf Sixtus zu. Ich wandte mich lieber ab und tat so, als ob ein Grasbüschel meine volle Aufmerksamkeit in Anspruch nähme, denn nun würde Sixtus die arme Wanda in ihre Schranken verweisen. Er würde es mit Sicherheit nicht bei einem Knurren belassen, sondern sie packen, im schlimmsten Fall beißen, und er war eindeutig im Recht: Wanda war trotz Warnung in sein Revier eingedrungen.

Als ich nichts hörte, auch keine entsetzten Aufschreie meiner Menschen, riskierte ich einen Blick. Sixtus wedelte Wanda begeistert an, machte sich klein und forderte sie sogar zum Spielen auf. Wanda tanzte um ihn herum, erdreistete sich, an ihm hochzuspringen, und ein totales Leinenwirrwarr war entstanden.

»Ich mache sie mal kurz los, so wird das nichts«, sagte mein Herrchen.

Kaum war Wanda frei, düste sie weiter in das Grundstück hinein. Alle Rufe meiner Menschen nützten nichts und als Herrchen in den Garten gehen wollte, versperrte ihm Sixtus als Torwächter den Eingang.

Meine Menschen beratschlagten, was zu tun sei. Sie klingelten an der Pforte, telefonierten, aber nichts rührte sich im Haus. Langsam wurde es dunkel. Frauchen hatte mich inzwischen in gebührendem Abstand zu dem immer wieder knurrenden Sixtus an die Leine genommen.

»Ich bleibe hier«, erbot sich Herrchen, »irgendwann werden die Schulzes schon wiederkommen.«

»Das kann ja dauern. Wahrscheinlich feiern sie irgendwo Weihnachten«, jammerte mein Frauchen.

»Aber dann lassen sie doch Sixtus nicht bei offener Pforte zurück. Geh du nur mit Henry nach Hause.«

»Und Wanda? Hoffentlich passiert ihr nichts.« Frauchens Stimmer klang ziemlich verzweifelt.

»Das Grundstück ist vollkommen eingezäunt. Sie kann nur hier herauskommen und dann schnappe ich sie mir.«

Wir hatten keine hundert Meter zurückgelegt, als uns Wanda aus einer ganz anderen Ecke begeistert entgegenkam. Damit war klar, der Zaun hatte irgendwo ein Loch, das zumindest für die kleine Hündin groß genug war.

Nun stand einem festlichen Weihnachtsschmaus nichts mehr im Wege. Ich fand in meinem Fressnapf meine Weihnachtswurst, während Wanda mit spitzen Zähnen an ihrem Spezialfutter schnüffelte. Sie machte einen Versuch, an meine Wurst zu gelangen, aber erst kommt das eigene Fressen, dann die Moral. Ich zog kurz die Lefzen hoch und sie gab auf. Ihren vollen Fressnapf ließ sie unberührt stehen. Kurz überlegte ich, mir eine zusätzliche Portion zu gönnen, aber das Futter roch zu gesund.

Meine Menschen wollten gerade mit ihrem Fondue anfangen, als es klingelte. Eine Nachbarin brachte Weihnachtskekse, wollte aber nicht hereinkommen, und so plauderten meine Menschen mit ihr an der Tür. Ich ahnte es, bevor Wanda aktiv wurde. Sie hatte schon am

Nachmittag ein paar Versuche gemacht, auf das Menschensofa zu springen, aber da waren meine Menschen unnachgiebig. Wir lieben unsere Hunde, pflegten sie zu sagen, allerdings gehören sie auf den Fußboden und wenn wir sie ausgiebig kraulen oder mit ihnen spielen wollen, setzen wir uns zu ihnen.

Mit einem eleganten Sprung landete Wanda auf dem Esszimmerstuhl, schnupperte an dem Fonduefleisch und schlang dann gierig alles in sich hinein. Ich bellte so kräftig, wie ich konnte, aber von der Tür kam nur ein ärgerliches »Henry, nun sei doch still!«.

Am liebsten hätte ich Frauchen an ihrem nicht vorhandenen Rockzipfel gezogen, aber es war eh schon alles zu spät.

Meine Menschen standen fassungslos vor der fast leeren Servierplatte. Ein einziges Fonduestückchen hatte Wanda übrig gelassen.

»Henry!«, mein Frauchen wollte mich gerade ausschimpfen, als Herrchen ruhig sagte: »Wer bellt, frisst nicht!«

Ein Blick entlarvte die Übeltäterin. Wanda lag mit einem kugelrunden Bäuchlein auf ihrem Biedermeiersofa und schmatzte noch im tiefen Schlaf. Da eine der Menschenregeln lautet, schlafende Hunde nicht zu wecken, kam sie unbescholten davon.

Nach dem kargen Abendessen beschenkten sich meine Menschen. Das war alle Jahre wieder eine sehr lustige Angelegenheit. Jedes Jahr bekam ich ein Paket mit einem in Papier eingewickelten Knochen und meine Menschen freuten sich, wenn ich ihn vorsichtig auspackte und dabei vor Freude kräftig wedelte. Wanda erhielt ein paar ebenfalls eingewickelte Leckerlis. Sie machte nicht einmal ansatzweise einen Versuch, sie zu fressen, und so übernahm ich dies. Nach dem Auspacken ihrer Geschenke warfen meine Menschen das Papier auf den Fußboden und ich durfte es dann nach Herzenslust zerreißen. Was für ein Spaß! Wanda machte begeistert mit.

So wurde es doch noch ein angenehmer Heiligabend, zumal Wanda viel schlief. Bald hörte ich aus dem Schlafzimmer die ruhigen Atemgeräusche meiner Menschen, rollte mich in meinem Körbchen ein und wollte gerade die Augen schließen, als Wanda begann, ausgeruht durch die Wohnung zu laufen. An etlichen

Stellen knabberte sie an der Tapete, um dann einen von Herrchens Pantoffeln vor meinen Korb zu schleppen.

Du meine Güte, hatte die denn noch nichts gelernt? Menschenschuhe, so interessant sie auch rochen, waren absolut tabu. Ich knurrte und sie trollte sich.

Mit hoch erhobenem Schwanz lief sie in das Schlafzimmer der Menschen. Neugierig ging ich hinterher. Mit einem großen Satz landete sie am Fußende auf Herrchens Bett. Das ging nun wirklich zu weit. Wie gern hätte ich dies all die Jahre auch getan! So nahm ich all meinen Mut zusammen, schaffte es allerdings erst im zweiten Anlauf, auf Frauchens Bett zu landen. Während Herrchen nur im Schlaf gegrummelt hatte, schrie Frauchen jetzt gellend auf. Erschrocken und mit schlechtem Gewissen sprang ich wieder herunter. Während sich Frauchens Ärger über mich ergoss, lag Wanda seelenruhig auf Herrchens Bett, mit einer Miene, als wollte sie sagen: »Wie kannst du nur so ungeschickt sein und das Frauchen wecken.«

Nun waren meine Menschen beide wach. Die Hündin wurde unsanft vom Bett ge-

126

schubst und mit vielen Pfuis bedacht. Als sie nach ein paar Stunden einen weiteren Versuch wagte, wurde die Schlafzimmertür mit einem lauten Knall geschlossen.

Der Tag graute und Wanda schien sich zu langweilen. Ich hörte, wie sie hektisch durchs Wohnzimmer lief, um dann immer wieder auf das Menschensofa zu springen. Pausenlos hörte ich ein Knacken und Reißen. Im Morgenlicht offenbarte sich das Chaos.

Überall verteilt lagen Köpfe, Beine, Körper, aus denen die Holzwolle quoll, Fellreste und Knöpfe, die einmal Augen gewesen waren. Nicht einer der zehn Teddybären war verschont geblieben. Frauchens ganzer Stolz, ehemals drapiert auf der Rücklehne des Sofas, lag in seine Einzelteile zerlegt auf dem Fußboden.

Frauchen stand kreideweiß vor Zorn vor den Resten ihrer Arbeit.

»Was ist denn hier passiert?«

Nun war auch Herrchen aus dem Schlafzimmer gekommen.

»Dieses Scheißvieh!« Frauchen zeigte auf Wanda, die mit Unschuldsmiene auf einer Bärentatze herumkaute.

»Aus!«, schrie Herrchen Wanda an. »Hoffentlich hat sie keine Holzwolle oder Schaumstoff heruntergeschluckt.«

»Das ist mir doch egal«, schluchzte das Frauchen, »Brummi, Mummel, Wuschel wurden zerstört und sogar Braunie, mit dem ich den ersten Preis gewonnen habe.«

Herrchen hob zwei einzelne Beine hoch und suchte den dazu passenden Rumpf. »Kann man die nicht wieder zusammennähen?«

Frauchen nahm nun ihrerseits einige Teile in die Hand, aber Wanda hatte gründlich gearbeitet. Sie hatte nicht einfach nur die Gliedmaßen abgerissen, sondern auch an vielen Stellen große Löcher in die Felle gebissen.

Weinend sank Frauchen in Herrchens Arme. Spontan lief ich zu meiner Spielzeugkiste und holte mein Lieblingstier heraus. Mit dem Igel im Maul eilte ich zu ihr und legte ihr auffordernd mein bestes Stück zu Füßen. Zunächst schüttelte sie nur resigniert den Kopf, doch dann lächelte sie.

»Ach, Henry. Das ist so lieb von dir.« Sie bückte sich und streichelte mich hinter meinen großen Ohren. »Du bist ein so guter Hund.«

128

Wanda schnappte erneut nach einem Teddytorso und begann ihn weiter zu zerfetzen, als Frauchen sie im Nacken packte.

»Nein! Aus! Pfui!«, schrie Frauchen. Erschrocken ließ Wanda alles fallen und fiepte leise.

Mit unsäglicher Leidensmiene sammelte Frauchen alle Teddyfragmente in einem Karton, der noch von der gestrigen Bescherung übrig geblieben war.

»Soll ich den gleich entsorgen, wenn ich mit den Hunden rausgehe?«, erbot sich Herrchen.

Frauchen verneinte und lächelte boshaft. »Damit habe ich etwas Besseres vor.«

Als wir vom Hundespaziergang zurückkamen, hatte Frauchen den Karton mit den Einzelteilen hübsch in Weihnachtspapier gewickelt und mit einer großen Schleife versehen.

Gegen Mittag kam Wandas Frauchen.

»Ihr könnt euch gar nicht vorstellen, wie anstrengend ein Weihnachtsfest mit einem Krabbelkind ist. Maxie hat uns ständig in Atem gehalten. Ich bin völlig fertig!«, stöhnte die beste Freundin. »Ich beneide euch. Sicherlich hattet ihr einen gemütlichen Heiligabend.«

Meine Menschen wechselten einen vielsagenden Blick.

Die beste Freundin tätschelte ihre vor Freude wackelnde und quietschende Hündin.

»Und warst du denn auch artig? Aber du bist ja immer mein kleiner Liebling.«

Während Herrchen das Biedermeiersofa zum Auto brachte, übergab Frauchen die Tüte mit den beiden Fressboxen und den Näpfen. Die beste Freundin kontrollierte sofort den Inhalt.

»Aber sie hat ja kaum etwas gefressen«, sagte sie in einem leicht anklagenden Ton.

»Wanda hat ihr Futter verschmäht«, sagte Frauchen kühl.

»Mach dir keine Sorgen. Das liegt sicherlich daran, dass sie in einer fremden Umgebung etwas schüchtern ist.«

»Den Eindruck hatten wir eher nicht«, sagte mein Frauchen spitz und überreichte ihrer besten Freundin das weihnachtlich eingepackte Geschenk.

»Für dich – ein ganz spezielles Weihnachtspuzzle.«

»Das ist aber eine Überraschung! Hast du

das selbst gemacht?«

»Zum Teil, es war sozusagen eine weihnachtliche Teamarbeit. Viel Spaß beim Zusammensetzen!«

Vom Abenteuer,
einen Roman zu schreiben

Meine Gedanken kreisten und verloren sich im Nirgendwo. Plötzlich tauchten sie auf, die Figuren aus meinem Debüt-Roman.

Zunächst erschien Maike, die Hauptprotagonistin, wie immer ruhig und sachlich.

»Wenn du eine Kurzgeschichte schreiben willst, sollten die unterschätzten Gefahren unbedingt erläutert werden. Immerhin sterbe ich als Insektengiftallergikerin fast und die Internetabhängigkeit wird zunehmend zum Problem.«

»Aber es geht doch gar nicht um die fachlichen Themen im Roman«, widersprach die zweite Hauptfigur Gunther, »dann hätte unsere Autorin auch ein Sachbuch schreiben können.« Als Rezeptionschef eines Luxushotels war er es gewohnt, zielgerichtet zu denken.

»Du hast recht«, lenkte die Psychologin Maike ein, »im Grunde geht es um die uralten Beziehungskisten, wer liebt wen, wer hasst wen und wer betrügt wen?«

»Du vergisst das *Warum*. Schließlich heißt der Roman *Das Schneewittchen-Syndrom*«, ergänzte Gerda, Besitzerin des Traditionshotels Utspann und ebenfalls eine wichtige Figur.

»Also, die Romanhandlung ist doch jetzt völlig unwichtig. Das Thema lautet, warum es ein *Abenteuer* war, einen Roman zu schreiben«, der Arzt DokHajo behielt wie immer den Überblick.

Maike wandte sich an die Autorin: »Weshalb ist es dir denn so wichtig, darüber eine Kurzgeschichte zu schreiben?«

»Ich möchte Mut machen, auch mit siebzig noch neue Wege zu gehen und das Erlebnis zu genießen, auch und gerade, wenn es eine große Herausforderung ist und viel Kraft kostet.«

»Um etwas zu genießen, gibt es doch ganz andere Dinge, die nicht so mühsam sind«, grinste Ralph Kotter-Schulze, eine Nebenfigur, wie immer etwas anzüglich.

»Mühe hat es mich tatsächlich gekostet, aber dafür habe ich viel Flow bekommen.«

»Rede doch nicht so geschwollen«, provozierte Gerda, »was ist Flow?«

»Das ist schwierig zu beschreiben, wenn man es selbst noch nicht erlebt hat. Für mich war es ein fließendes, tragendes Glücksge-

136

fühl, dem Alltag entrückt und doch durch die entstehende Romangeschichte ganz nah und dicht dran zu sein. Gleichzeitig entstand ein abenteuerliches Prickeln. Ich erkundete unbekanntes Terrain, ohne die Komfortzone meines Schreibtisches verlassen zu müssen.«

»Also, unter einem Abenteuer verstehe ich etwas ganz anderes«, meinte Gunther, »zum Beispiel eine Weltumsegelung oder die Expedition der Polarstern.«

»Nach dem Google-Wörterbuch ist ein Abenteuer ein außergewöhnliches, erregendes, aber auch gefahrvolles Erlebnis«, fasste ich meine Recherchen zusammen.

»Eine Gefahr kann ich beim Bücherschreiben allerdings nicht erkennen«, kritisierte Gerda.

»Zumindest solange man einen Unterhaltungsroman schreibt und nicht direkt oder indirekt politische Inhalte verwendet«, ergänzte Gunther.

»Aber es besteht das Risiko, sich zu blamieren. Vielleicht will keiner den Roman lesen. Freunde und Bekannte zerreißen ihn, von irgendwelchen Literaturkritikern ganz zu schweigen«, meinte Maike.

»Das ist der Preis! Außerdem ist es ein finanzielles Risiko, denn es kostet nicht nur Zeit, sondern auch viel Geld, zumindest bei einer Selbstveröffentlichung. Eine Investition, bei der ich nicht einschätzen konnte, ob sie sich lohnen würde. Aber darum ging es mir nicht. Hermann Hesse hat in einem wunderschönen Gedicht geschrieben: *Jedem Anfang wohnt ein Zauber inne.* Im Leben gibt es jeden Anfang nur einmal, und für mich war es einmalig, einen Roman zu schreiben.«

Gerda, die Perfektionistin, hakte nach: »Aber wird man nicht immer besser, je häufiger man etwas tut? Das erste Buch kann doch gar nicht perfekt sein.«

»Prof. Schulz von Thun meint: *Gut ist besser als perfekt.* Es ist gut für mich gewesen, einen Roman zu schreiben, perfekt ist er mit Sicherheit nicht. Und Perfektes muss nicht gut sein. Ein Beispiel dafür ist im *Schneewittchen-Syndrom* der perfekte Mord.«

Einen Augenblick schwiegen die Figuren, dann meldete sich Gunther.

»Du könntest doch eine Fortsetzung schreiben. So kommen wir alle wieder zusammen!«

Er schaute in die begeisterten Gesichter von Maike, Ben, Lisa, Bert, Ralph Kotter-Schulze und DokHajo. Dieter und Dörte strahlten. Sie diskutierten wild durcheinander, fantasierten, was sie in der Romanzukunft alles erleben würden.

Gerda grätschte dazwischen: »Ihr habt nichts begriffen, darum geht es unserer Autorin doch gar nicht – also, ohne mich!«

Ich lächelte, die Figuren verschwanden aus meinem Kopf. Der Roman war vollendet und ich fing an, die dazu passende Kurzgeschichte zu schreiben.

Nachwort der Autorin

Das Jahr 2020 wurde durch die Corona-Pandemie geprägt. Die meisten Kurzgeschichten sind noch vorher entstanden.

Während der beiden Lockdowns habe ich in mehreren Telefonkonferenzrunden die Kurzgeschichten vorgelesen. Mein Dank gilt den Teilnehmerinnen, die mich durch ihre positive Resonanz, ihre hilfreichen Hinweise und die lebhaften Diskussionen bestärkt haben, diese Geschichten zu veröffentlichen.

Bedanken möchte ich mich auch bei meinem Mann, der mir wieder bei den Recherchen geholfen hat, ein geduldiger Zuhörer und ein kritischer Erstleser war. Meine Lektorin Andrea Stangl sorgte für den Feinschliff und erneut war es nicht nur eine professionelle, sondern auch eine harmonisch-konstruktive Zusammenarbeit.

Von der Autorin ist im selben Verlag erschienen:

Das Schneewittchen-Syndrom
Roman
ISBN 978-3-7504-8733-8
Paperback, 308 Seiten | 12.99 €
E-Book: 7.49 €

Nach dem Krebstod ihres Mannes muss die Psychologin Dr. Maike Gontemann ihr Leben beruflich und finanziell neu ordnen. Als sie die Chance erhält, internetsüchtige Jugendliche an einem Ort ohne WLAN zu therapieren, scheint das einsam gelegene Heidehotel ihrer Schwägerin Gerda der ideale Platz zu sein. Doch die Idylle trügt. Nicht nur die ständigen Auseinandersetzungen mit Gerda belasten Maikes therapeutischen Alltag, sie erhält auch anonyme Drohanrufe. Als sie im Schlaf von mehreren Wespen gestochen wird, hat sie Zweifel, ob es sich um einen Zufall handelt.

Währenddessen verfolgt Gerda ehrgeizige Pläne, das Heidehotel mit einem neuen Angebot attraktiver zu machen: Zunehmend werden Wölfe in der Heide gesichtet, und Gerda möchte den Gästen eine Möglichkeit fur Wolfsbeobachtungen bieten. Sie versucht daher die Wölfe anzulocken. Dann geschieht ein Unglück, das Fragen aufwirft.

Auch Gunther Peters, Rezeptionschef eines Luxushotels an der Ostsee, wird mit dem Problem der Internetabhängigkeit konfrontiert. Er versucht den Sohn eines VIP-Gastes aus der virtuellen Welt in die reale zurückzuholen. Aber die entscheidende Herausforderung wartet auf Gunther in der Heide …